과학의 눈으로 세상을 봅니다

과학의 눈으로 세상을 봅니다

이정모 선생님이 과학에서 길어 올린
58가지 세상과 인간 이야기

이정모 지음

Scienctific
Attitude

odos

과학의 눈으로
세상을 명랑하게

20세기는 문해력만으로도 세상을 문화인·교양인으로 살 수 있었다. "그렇다면 20세기 사람 대부분은 교양인이었겠네!" 아니다. 문해력은 흔히 생각하는 독해력과 다른 것이다. 글을 읽고 뜻을 이해하는 능력이 독해력이라면, 문해력은 한발 더 나아가 글을 자유롭게 활용하는 능력을 말한다. 독해력만 해도 작은 능력은 아니지만 문해력은 매우 탁월한 능력이다. 그런데 지금은 21세기, 과학의 시대다. 이러다 보니 '이젠 문해력만으로는 뭔가 부족한 것 같은데, 과학과 관련된 새로운 능력이 필요한 것 아냐?'란 고민을 하다가 '과학문해력'이라는 말을 떠올렸다.

과학문해력이 필요하다고 하면 일단 불안해한다. "고등학교 졸업 후에는 과학은 쳐다도 안 봤는데, 이젠 과학도 알아야 해? 아이고, 벌써 머리가 아파지네" 그런데 너무 걱정하지 마시라. 과학문해력이란 엄청난 과학적 지식이 필요한 것은 아니니까 말이다. 매일 쏟아지는 새로운 과학지식을 어떻게 내 머릿속에 차곡차곡 넣겠는가.

이미 성인들은 경험했다. "내가 학교 다닐 땐 공부를 좀 했었는데… 아니 중학생 딸아이가 중간고사래서 좀 도와주려고 봤더니 하나도 모르겠더라고. 싹 다 잊어버렸지, 뭐야!" 이런 경험을 한 부모님들 많을 거다. 중학교 때 배운 과학이란 게 싹 잊어버릴 만한 것은 아니다. 웬만하면 우리 생활에 쓰이는 과학이니 말이다. 잊은 게 아니라 그때랑 지금이랑 배우는 게 다를 뿐이다.

초등학교 저학년 꼬마들에게 "얘들아, DNA가 어떻게 생겼을까?"라고 물으면 어이없다는 듯이 쳐다본다. 아이들은 손가락 두 개를 회오리 모양으로 휘두르며 "이중나선 구조 몰라요?"라며 되묻는다. 도대체 그걸 왜 묻느냐는 표정으로 말이다. 요즘은 초등학교 1~2학년도 아는 것을 나는 대학에 가서, 그것도 생화학과에 가서 처음 알았다. 그전까지는 'A=T, G≡C'만 외우면 됐다. 아데닌(A)과 티민(T)은 서로 이중결합(=)을 하고 구아닌(G)과 시토신(C) 사이에는 삼중결합(≡)이 있다는 사실만 알면 학력고사를 볼 수 있었다. 그런데 이제는 꼬마들도 DNA 구조를 입체적으로 이해하고 있다.

내가 사는 아파트에 한때 예쁜 유치원생 여자아이가 살았다. 어느 날 그 아이와 처음 보는 남자아이와 함께 엘리베이터에 타는 걸 보았다. 남자아이는 나를 신경 쓰면서도 지금 아니면 안 된다는 표정으로 여자아이에게 속삭였다. "너는 내 마음의 블랙홀이야!" 유치원생이 블랙홀이라는 말로 고백하는 모습은 나에게는 큰 충격이었다. 왜냐하면 나는 블랙

홀이라는 말도 대학원에 가서야 처음 들었기 때문이다. 그것
도 KBS 9시 뉴스, 아마도 스티븐 호킹 박사의 책『시간의 역
사』가 해외에서 선풍적인 화제를 불러일으키고 있다는 보도
였을 것이다. 당시 나는 의아했다. '아니, 세계 최고의 천체물
리학자라는 양반이 기껏 검은 구멍을 연구한다는 말이야?'

　　1983년 생화학과에 입학해서야 알게 된 걸 이제는 초등
학교 1학년도 구체적으로 알고 있으며, 대학원생이 뉴스에
서야 처음 들어본 말을 유치원생들이 은유로 사용하는 세상
이 되었다. 이렇게 과학이 빠르게 확장되는 시대에 어떻게
과학지식을 일일이 획득할 수 있겠는가? 교양과학서를 많이
읽는다고 해서 해결될 문제가 아니다. 요즘은 책보다는 '안
될과학', '긱블', '1분과학', '과학쿠키', '지식인미나니' '보다
BODA', '언더스탠딩' 같은 유튜브 채널로 새로운 과학지식을
얻기도 하지만 폭발적으로 늘어나는 과학 지식을 다 쫓아갈
수는 없다.

　　과학문해력을 강조한다고 해서 과학지식을 엄청나게 쌓
아야 한다는 말은 아니다. 그것은 불가능하다. 그렇다면 과
학문해력이란 무엇일까? 과학문해력을 딱히 정의하기는 어
렵다. 하지만 과학에 대한 이해력이나 과학을 활용하는 능력
이 아닌 것은 분명하다. 과학문해력은 오히려 과학적인 태

도, 과학적인 사고방식 또는 과학적인 세상을 대하는 태도라고 할 수 있다.

공자는 세상을 대하는 태도를 여섯 가지 덕목(德目)으로 제시했다. 어질기(仁), 알기(知), 믿기(信), 곧기(直), 씩씩하기(勇), 굳세기(剛)가 그것이다. 하지만 이런 여섯 가지 덕목을 좋아해도 '배우기를 좋아하지 않으면' 나타나는 폐단도 함께 알려주었다. 세 번째 덕목인 믿기에 대해서 "호신불호학(好信不好學) 기폐야적(其蔽也賊)"이라고 했다. 의심하고 질문하기를 좋아하지 않고 무턱대고 믿기만 하면 오히려 남을 해치게 된다는 말이다.

그렇다면 의심하는 근거는 무엇일까? 느낌이 근거가 되어서는 안 된다. 크기와 숫자로 따져봐야 한다. 예를 들어 "요즘 기후가 변했어. 봄과 가을이 아예 없어지고 있는 것 같아"라는 말을 많이 하지만 틀린 말이다. 일제 강점기(1912~1940)와 요즘(1991~2020)을 비교하면 추운 겨울은 22일 줄고 시원한 가을은 4일 줄었으며, 더운 여름은 20일 늘고 따뜻한 봄도 6일이나 늘었다. 봄과 가을은 없어지고 있지 않다.

크기와 숫자를 근거로 의심하고 질문할 때도 따뜻하고 예의 바르고 겸손해야 한다. 겸손함이란 자신의 본능과 지식의 한계를 인정하고, 모른다고 말하는 것을 거리끼지 않는 것이면서, 새로운 사실이 밝혀지면 기존의 생각을 버리고 바꾸는 태도다. 여기서 과학문해력이 생긴다.

　요즘 세상이 거꾸로 가는 것 같다. 기후는 다시 고생대 석탄기로 돌아가는 것 같다. 한동안 태평성대를 누리는 것 같더니만 다시 전쟁의 냄새가 난다. 국정농단이라는 말도 쉽게 들린다. 어떤 눈으로 세상을 봐야 할까? 따뜻한 과학의 눈으로 세상을 보자. 우리는 조금 더 명랑하게 살 권리가 있다.

2024년 11월 6일 새벽

일산 마두동에서

차례

4　서문 · 과학의 눈으로 세상을 명랑하게

1장
멸종을 피하기

17　매머드 화석 가격이 폭락하는 이유

21　발뼈는 왜 52개인가

25　바닷속 오아시스

30　서스펜스와 서프라이즈

35　인공지능 시대의 뇌 사용법

40　두꺼비의 경고

44　소년이 온다

48　올 여름이 가장 시원하다

52　겨울잠

56　창백한 푸른 점과 기후 정치

60　대재앙의 예고편

64　죽지 않고 사라질 뿐

69　주인 행세하는 고양이

2장
더불어 살아가기

75   수소결합 같은 삶

92   페이스앱에 침팬지를 넣는다면

97   만국의 탈모인들이여 연대를!

103   친절에 대한 과학적 고찰

108   단풍이 가르쳐 주는 것

112   백두산을 위해서도 평화가 필요해

115   끈질긴 바퀴벌레

120   일본 돌고래의 날

124   사이다 발언

128   택배 상자 구멍 손잡이

132   그들이 그만 달려도 되는 이유

137   눈물 어린 무지개 계절에

3장
지혜로워지기

145 골드버그 장치와 긴즈버그 대법관

149 중독에 대한 고찰

162 우리는 아직도 이런 걱정을

167 저듸, 곰새기

171 뜻 깊은 작은 장례식

176 흑백논리 탈출하기

181 어린잎을 대하는 자세

186 내 북극성은 누구인가

190 신생아 사망률이 낮은 이유

195 지구를 위해 노는 법

200 세계 소행성의 날

205 화성에서 비행하기

209 수영장에서는 설사하지 말자

213 민달팽이를 대하는 태도

217 과학자의 대화법

221 11월의 신부와 신랑에게

225 과학자여, 출마하라!

229 나무로부터 배우는 것들

232 모순과 사이비, 그리고 백신

236 바 험벅!

4장
상식 발견하기

243 카페인과 미국 독립전쟁

248 동지는 변하지 않는다

254 달력에서 열흘 없애기

260 전 세계 시간을 통일한 힘

266 프랑스 엉덩이를 훔쳐라

271 꽃을 든 남자와 우주 불고기

276 조용한 쾌거, 천리안2B

280 1월 27일 기억하기

284 그리운 클리셰

289 아무리 추워도 봄은 봄

293 오늘도 공룡은 목 놓아 울었다

298 흰 소에서 비롯된 욕정을 경계하자

302 우리 본성의 선한 천사 또는 팩트풀니스

1장
멸종을 피하기

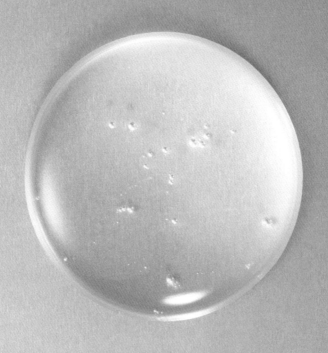

매머드 화석 가격이
폭락하는 이유

압도_{壓倒}는 '뛰어난 힘과 재주로 남을 눌러 꼼짝 못 하게 함'이라는 뜻이다. 기분 좋은 단어는 아니다. 하지만 자연사 박물관에 가서 느끼는 '압도'는 생명에 대한 경이감을 느끼게 한다. 보통 자연사 박물관에 들어가면 바닥에 서 있는 공룡이나 하늘에 매달려 있는 고래와 마주치게 된다. 이유는 하나다. 바로 압도되는 느낌을 주려는 것이다.

서대문 자연사 박물관도 마찬가지다. 정문으로 들어가면 백악기 공룡 아크로칸토사우루스가 멋진 포즈로 서 있다. 고

개를 들면 천장에 매달려 있는 푸른 향고래가 눈에 들어온다. 1억 년 전에 살았던 아크로칸토사우루스와 현생 동물인 향고래가 함께 있는 모습은 정말 장관이다.

박물관 2층을 절반쯤 관람하고 모퉁이를 도는 순간 관람객은 또 한번 압도된다. 이번에는 신생대 제4기 플라이스토세에 살았던 긴털매머드 두 마리가 서 있다. 한 마리는 살아 있는 모습을 재현한 모형이고 다른 한 마리는 진품 긴털매머드 화석이다. 시베리아에서 발견된 개체다. 2003년 개관한 서대문 자연사 박물관이 당시 매머드 화석을 구입한 가격은 2억 원대로 알려져 있다. 적은 액수가 아니다.

매머드는 비교적 최근까지 살았던 생명체다. 480만 년 전부터 4,000년 전까지 존재했다. 인류와 침팬지가 같은 조상에서 갈라선 게 700만 년 전이니 인류보다도 나중에 생긴 생명체다. 매머드는 아프리카에서 다른 대륙으로 퍼져갔다. 구석기 시대 사람들은 매머드를 잡아먹었고 매머드 가죽을 입었으며 매머드 뼈로 집을 지었다. 전곡선사박물관에는 매머드의 뼈와 상아로 지은 집 모형이 전시되어 있다.

매머드는 코끼리를 닮았다. 자유롭게 움직이는 긴 코를 가진 장비목_{長鼻目}이다. 사실 이 긴 코를 딱히 코라고 할 수는 없다. 입술과 코끝이 늘어난 것이기 때문이다. 흔히들 매머드는 코끼리보다 몸집이 훨씬 컸을 거라고 상상하지만 그렇지는 않다. 예외적으로 아주 큰 개체가 있기는 했지만 대부분은 아프리카코끼리보다도 작았고 아시아코끼리 정도의 크기였다. 아무튼 큰 포유류에 속하니 당연히 초식이었다. 고기만 먹어서는 큰 몸집을 유지할 수 없다. 매머드는 솔잎이나 나무의 어린 가지를 먹고 살았다.

매머드와 코끼리는 생김새가 비슷한 것 같지만 하나씩 따져보면 거의 반대의 모습을 가졌다. 가장 큰 차이는 귀와 털이다. 아프리카코끼리는 귀가 크다. 열을 발산하기 위한 장치다. 그런데 매머드는 귀가 아주 작다. 그리고 두꺼운 지방질이 쌓인 피부의 겉은 털로 덮여 있다. 코도 털로 덮여 있다. 게다가 항문을 열고 닫는 게 가능했다. 추위를 막기 위해 방한 시스템으로 무장한 것이다.

그렇다면 매머드는 4,000년 전에 왜 갑자기 멸종했을까? 사실 갑자기는 아니다. 서서히 멸종했다. 우선 인간들이 너무 많이 잡아먹었다. 하지만 인간의 힘을 너무 과대평가하지는 마시라. 더 큰 이유는 따로 있었다. 지구가 더워졌다. 빙하기가 끝나면서 긴털매머드가 살 수 없는 환경으로 바뀐 것이다. 긴털매머드가 발견되는 곳은 시베리아 동토다. 당시 지구는 지금보다 훨씬 시원했는데도 그들에게는 더워서 살 수 없는 곳이 된 것이다.

요즘 긴털매머드 화석은 암시장에서 2천만 원대로 거래되고 있다. 20년 전보다 10분의 1로 떨어진 가격이다. 원인은 짐작하신 대로다. 긴털매머드가 마구 발견되고 있다. 지구가 뜨거워졌기 때문이다. 시베리아 툰드라 동토가 녹으면서 긴털매머드 화석이 쏟아져 나오고 있다. 긴털매머드 화석 가격의 폭락 원인은 기후위기인 셈이다.

최근 긴털매머드를 복원하려는 연구가 시작되었다. 영화 〈쥬라기 공원〉처럼 '매머드 공원'을 만들겠다고 한다. 매머드 복원은 가능할 것이다. 2007년 이후 살이 붙어 있는 거의 완벽한 개체가 발견되고 있기 때문이다. 냉동 매머드의 살에서 세포를 꺼내 핵을 분리하고, 핵을 제거한 코끼리 난자에 집어넣은 후, 이것을 다시 코끼리 자궁에 착상시켜서 새끼 매머드를 탄생시키려는 계획이다. 어려운 일이 아니다. 복제 양 돌리를 만든 것과 같은 과정이다.

그런데 말이다. 생명 공학으로 복원한 긴털매머드를 키울 수 있는 곳은 이제 지구에는 남아 있지 않다. 지구는 너무 뜨겁다. 꿈 깨자. 대신 자연사박물관에 가서 압도당해보자.

✕

발뼈는 왜
52개인가

'태-정-태-세-문-단-세'로 이
어지는 조선 왕조의 계보와 '데어-데스-뎀-덴'으로 이어지
는 독일어 정관사 같은 것을 즐겨 암송했던 데는 이유가 있
다. 일단 암기하고 나면 쓸모가 많은 데다가 암기할 때 경험
하는 묘한 리듬감이 한몫했다. 하지만 딱 거기까지다. 여기
서 더 확장하기는 어려웠다. 이에 반해 '종-속-과-목-강-
문-계'라는 생물학 분류 체계는 또 다른 눈을 뜨게 해주었
다. 바로 계층 구조에 관한 것이다. 단순히 암기하는 것뿐만
아니라 정보를 범주화하면서 열리는 새로운 사고 체계를 접

하게 되었다.

종-속-과-목-강-문-계에서 문(門)은 생명의 설계도에 해당한다. 동물계에는 총 36개의 동물 문이 존재한다. 이 이야기는 지구상에 존재하는 모든 동물의 설계도는 현재 36개에 불과하다는 것이다. "아니! 그렇게 많다고?" 동물 문이 36개나 된다는 말에 이렇게 반응하시는 분들이 많을 것이다. 척추동물문, 연체동물문, 절지동물문⋯. 뭐, 이 정도 기억하시면 된다. 조금 더 기억하시는 분들은 여기에 극피동물문과 선형동물문 정도를 추가하실 테다. 당연하다. 우리가 평소에 보는 동물이 여기서 크게 벗어나지 않기 때문이다.

아이들에게 동물 이름을 대라고 하면 대개 척추동물을 이야기한다. 고등어(어류)-개구리(양서류)-거북이(파충류)-닭(조류)-코끼리(포유류)처럼 말이다. 이유는 간단하다. 우리 인류가 뼈대 있는 동물이기 때문이다. 가끔 자신은 뼈대 있는 집안 출신이라고 뻐기는 분들이 계시는데, 송사리도 뼈대는 있다.

어릴 때 주일 학교 선생님이 가르쳐주신 것과는 달리 뼈의 수에는 남녀의 차이가 없다. 남자도 여자처럼 갈비뼈가 12쌍이라는 말이다. 하지만 노소의 차이는 있다. 사람은 성숙할수록 뼈의 수가 줄어든다. 갓 태어난 아기의 뼈는 270개인데 성인이 되면 206개가 된다. 그렇다고 해서 있던 뼈가 사라지는 것은 아니다. 뼈들이 융합해서 개수만 줄어드는 것이다.

인체는 크게 몸통과 팔다리로 나뉜다. 어디에 뼈가 가장 많을까? 몸통에는 80개의 뼈가 있다. 흔히 머리뼈는 하나라고 생각하는데 그렇지 않다. 머리에만 29개의 뼈가 있다. 여기에 척추 26개와 가슴우리 25개를 더하면 80개다. 나머지 126개는 팔다리뼈다. 그런데 손과 발에는 각각 27개와 26개의 뼈가 있다. 손과 발은 대개 2개씩이니 합하면 106개가 된다. 사람에게 있는 뼈 206개 가운에 106개가 오로지 두 손과 발에만 있는 것이다.

이게 바로 사람의 특징이다. 사람의 경우 손과 발에 5개씩의 손등뼈와 발등뼈가 있다. 손등과 발등 하나마다 각각 다섯 개의 뼈가 있는 형태는 네 발 달린 짐승의 진화 과정에서도 아주 오래전에 나타난 형질이다. 사지가 있는 모든 동물은 다섯 개의 손발가락이 있었는데 진화하면서 발가락 수가 변했다. 큰 덩치를 버티면서 빨리 달려야 하는 말은 발가락이 다섯 개에서 세 개로 줄더니 이제는 하나뿐이다. 대신 말 발등뼈 하나가 사람 발등뼈 다섯 개를 합한 것보다 더 커졌다. 하지만 영장류는 다섯 개의 발등뼈가 모두 남아 있다.

손과 발을 이용해서 나뭇가지를 꽉 움켜쥐어야 살 수 있기 때문이다.

침팬지를 비롯한 다른 유인원들은 스마트폰을 쓸 수 없다. 아무리 똑똑해져 봐야 소용없다. 엄지손가락 때문이다. 사람은 엄지손가락이 다른 네 손가락과 마주 닿을 수 있다. 덕분에 우리는 '엄지족'으로 진화한 삶을 살고 있다. 인류는 악력, 즉 손으로 쥐는 힘이 매우 약하다. 하지만 그 어떤 생명보다 손으로 많은 일을 할 수 있다.

그런데 발은? 오로지 발에만 우리 뼈의 4분의 1인 52개의 뼈가 있다. 그렇다면 우리가 손뼈를 사용하는 것만큼이나 발뼈도 사용해야 하는 것 아닐까? 엄지발가락은 엄지손가락만큼 자유롭지 못하다. 그렇다고 해서 기껏해야 방바닥에 떨어진 리모컨을 집어 올릴 뿐이라고 생각해서는 안 된다. 사람 엄지발가락이 쥐는 역할을 포기한 까닭은 두 발로 걷기 위함이다. 엄지발가락으로 지구를 밀고 그 반작용으로 앞으로 나아가라는 뜻이다. 발뼈가 아깝지 않도록, 차를 타는 대신 많이 걷자. 그게 기후위기 시대를 살아가는 우리의 자세가 아닐까?

✕

바닷속 오아시스

"인간이 만든 것 하나 없이, 꼭 대기가 전부 돌멩이인 거대한 둑으로 된, 환초 하나하나를 본다는 것은 정말이지 굉장한 놀라움이다."

1605년 프랑수아 피라르 드 라발이 한 이야기다. 찰스 다윈은 이 문구를 프레데릭 윌리엄 비치 함장의 항해기 (1826년)에서 읽고는 후에 자신의 『비글호 항해기』(1839년) 제20장과 지질학 전문서인 『산호초의 구조와 분포』(1842년) 서문에서 연거푸 언급했다. 1836년 비글호가 호주 남서부를 돌아 인도네시아 남서쪽 코코스 제도에 도착했을 때 다윈은 수많은 환초를 보고서 피라르의 묘사를 떠올린 것이다.

환초는 고리 모양의 산호초를 말한다. 파도치는 파란 바다 한가운데 하얀 해안이 있는 섬이 있고 섬 안에는 다시 에메랄드빛의 잔잔한 바다가 있다. 환초들은 어떻게 생겨났을까?

과거의 항해자들은 산호를 만드는 동물들이 본능에 따라 환초 안쪽에 있는 자신들을 보호하기 위해 거대한 고리를 만들어 쌓았다고 여겼다. 그야말로 상상일 뿐이다. 속과 과가 다른 많은 종의 산호들이 같은 목적으로 협력해야 하는데, 그런 예를 자연계에서는 단 하나도 찾을 수 없다. 환초 아래에 화산의 화구가 있을 거라고 생각한 사람도 있다. 백두산 천지를 둘러싼 봉우리 같은 것들이 바다 밑에 있고 그 봉우리와 봉우리를 잇는 능선에서 산호가 자라났다고 여긴 것이다. 하지만 환초의 모양과 크기, 위치를 생각해보면 그다지 설득력이 없다.

산호는 깊은 곳에서 살지 않는다. 연평균 수온이 대략 25도이며 수심 30~100미터인 얕은 바다에서만 산다. 산호가 죽으면 석회질로 변하여 산호초를 형성하는데, 산호초는 1년에 1.5센티미터 정도 자란다. 태평양의 산호초는

15~20만 년 정도 자란 셈이다.

지질학자인 찰스 다윈은 환초 주변의 수심을 측정한 끝에 환초가 생기는 과정을 3단계로 추정했다.

(1) 먼저 섬을 둘러싼 가장자리를 따라서 산호가 자라면서 섬이 살짝 가라앉는다. 그 결과 산호초의 윗부분이 공기 중에 노출되고 이곳의 산호는 죽는다. 섬 가장자리에 드러난 산호초를 거초裾礁라고 한다.

(2) 섬은 계속 가라앉고 그 결과 산호초와 섬 사이에는 고리 모양의 호수가 생긴다. 이때 고리 모양의 산호초를 보초堡礁라고 한다.

(3) 결국 섬이 완전히 가라앉고 그 사이에도 산호초는 계속 자란다. 고리 모양 산호초 둑 안에 동그랗게 호수만 남는다. 이 산호초를 환초環礁라고 한다.

거초 → 보초 → 환초로 이어지는 3단계 산호초 진화 과정은 지금까지도 정설로 받아들여지고 있다.

찰스 다윈은 산호초뿐만 아니라 산호의 생태계에도 큰 호기심을 가졌다. 산호초에 사는 다양한 생명을 관찰하고 산호 조각을 얼굴과 팔에 비빈 후 생기는 고통의 정도와 지속 시간을 노트에 기록할 정도였다.

바다에서 산호초가 차지하는 면적은 0.1퍼센트에 불과하다. 하지만 여기에 바다 생물 종의 25퍼센트가 산다. 예를 들어 호주의 그레이트 배리어 리프는 둘레가 2,300킬로미터에 달하는 세계 최대의 산호초 군집인데 여기에는 661종의 산호, 1,600종의 어류, 30종의 고래와 돌고래 그리고 세계 7종의 바다거북 가운데 6종이 산다.

산호초의 화려한 생태계는 이해하기 어렵다. 산호초는 육지의 영양분이 미치지 못하는 곳에 있기 때문이다. 바다의 사막에 있는 셈이다. 영양분이 결핍된 곳이다. 그런데도 산호초에는 물고기가 북적인다. 마치 사막의 오아시스처럼 말이다. 다윈은 그 이유가 궁금했다. 이 문제를 '다윈의 역설'이라고 한다. 하지만 다윈은 끝내 이 문제를 풀지 못했다.

2019년 5월 캐나다 과학자들이 〈사이언스〉에 발표한 논문을 보면 이 비밀을 알 수 있다. 바다 밑바닥에 숨어 사는 엄청난 수의 물고기가 급속히 성장과 죽음을 반복하면서 산호초에 사는 물고기 먹이의 60퍼센트를 공급한다. 산호초에 영양분을 공급하는 이 물고기들은 다 자라도 5센티미터가 채 되지 못한다. 이들은 개체 수는 많고 수명이 두 달 정도로 짧다. 태어나자마자 다 잡아먹히지만, 워낙 많이 태어난다. 한 해에 번식을 7번이나 하는 종도 있다. 생산 즉시 소비되는 컨베이어 시스템이 산호초 생태계를 유지하고 있는 셈이다.

그런데 이렇게 바닷속 오아시스 역할을 하는 산호초마저 황폐화되고 있다. 산호초가 하얗게 변하는 백화 현상이 바로 그것. 백화 현상은 보통 10미터 미만의 얕은 바다에서 일어나는 현상이었지만 최근에는 30~150미터 깊이에서도 일어나고 있다. 백화 현상은 주로 25~30년 주기로 엘리뇨*가 극심해지는 해에 나타나는데 이제는 5~6년 주기로 발생한다. 지구온난화의 문제가 일상화된 것이다. 나는 그레이트 베리어 리프에 직접 가서 산호를 관찰했다. 처참했다. 호주 정부가 현장 관리를 아무리 잘해도 기후위기에는 소용이 없다. 나는 고백한다.

"인간이 만든 것 하나 없이, 자연적으로 형성된 바다의 오아시스 산호초가 인간이 만들어낸 기후위기로 인해 단 수십 년 사이에 망가지는 것을 본다는 것은 정말이지 처참한 괴로움이다."

---

* 라틴아메리카의 적도 부근, 동태평양 해역의 온도가 따듯해지는 기후 이상 현상으로 전 세계 기온과 강수량에 큰 변화를 일으킨다.

서스펜스와
서프라이즈

그레고리는 오랜 시간 공을 들여 젊은 폴라와 결혼했다. 그러고는 아내를 설득해서 아내의 이모가 살던 집으로 들어갔다. 아내는 이모에 대한 기억을 떠올리기 싫어하지만 어쩔 수 없다. 이모의 짐은 모두 다락방에 모아두었다. 그레고리는 엄마의 브로치를 아내에게 선물하면서 "당신은 물건을 잘 잃어버리잖아"란 걱정 어린 말을 덧붙였다. 아내는 정말로 브로치를 잃어버렸다. 언제부턴가 집에서 물건이 사라진다. 알고보니 아내가 감춘 것이다.

폴라는 배려가 넘치는 남편을 존경했지만, 점차 그가 두려운 존재로 느껴진다. 저녁마다 남편이 일하러 외출하기만 하면 집에 이상한 일이 벌어진다. 눈 앞의 가스등이 작아진다. 가스등은 여러 곳에 불을 켜면 연료를 나누어 쓰기에 불이 작아지는데 다른 방에 불이 켜질 리가 없는데도 자꾸 가스등이 작아진다. 또 아무도 없는 다락방에서는 발자국 소리가 들린다. 웬 환청인가! 폴라는 무섭고 두렵다. 자신이 미쳐가는 것 같다.

사실 이 모든 것은 그레고리의 계획이었다. 그의 정체는 이십여 년 전 유럽 왕가의 보석을 훔치기 위해 폴라의 이모를 죽인 살인자다. 하지만 정작 보석은 찾지 못했다. 그 보석을 손에 넣기 위해 폴라와 결혼하고 폴라를 미친 사람으로 만든 것이다.

KBS TV 프로그램 〈명화극장〉에서 숱하게 봤던, 1944년 개봉된 미국 스릴러 영화 〈가스등〉의 줄거리다. 여기서 정서적 학대를 뜻하는 '가스등 효과(gaslight effect)'라는 표현이 나왔다. 사진 찍을 때마다 "파이팅!"을 외치는 우리는 그냥 편하게 '가스라이팅'이라고 한다. 둘 다 콩글리시이고 편하고 좋다.

스릴러 영화는 크게 두 가지다. 서스펜스와 서프라이즈. 두 사람이 탁자에 앉아 대화하는 장면에서 관객은 탁자 밑에

시한폭탄이 설치되어 있다는 것을 안다. 두 사람은 모르지만 관객은 째깍째깍 타이머 숫자가 줄어드는 걸 보며 가슴을 졸인다. 이게 서스펜스다. 폭탄의 존재를 관객도 모르고 있다가 갑자기 폭탄이 터진다. 이건 서프라이즈다.

감독들은 당연히 서스펜스를 선호한다. 관객 역시 서스펜스를 즐긴다. 배는 침몰하고 백상아리가 선실로 들어오는 〈죠스〉의 장면을 상상해보시라. '빰빰빰빰' 하는 배경음악은 서스펜스를 강화한다. 공포감의 30퍼센트는 음향에서 온다. 〈텍사스 전기톱 살인사건〉 역시 마찬가지다. 영화를 보고 있노라면 스트레스가 만빵이다.

왜 서스펜스 영화를 보는가? 공포감이 신경계를 자극하면서 신경전달물질 '도파민'을 분비하기 때문이다. 도파민은 쾌락과 관련된 호르몬이다. 놀랍게도 공포가 쾌락을 느끼게 하는 것이다. 그런데 사실 뇌에 더 긍정적으로 작동하는 것은 서스펜스보다 서프라이즈다. 입에 청량음료를 주입하는 실험에서, 예고 없이 음료를 제공받은 사람의 뇌의 보상 체계가 높은 활성도를 보였다. 예상보다 좋은 경험을 하게 되면, 뇌 깊숙한 영역에서 신호를 보내고 도파민이 분비된다. 그러면 도파민이 현재 상황을 저장해서 미래에도 긍정적인 서프라이즈를 누릴 수 있게끔 돕는다.

스릴러 감독들이 서프라이즈보다 서스펜스를 좋아하는 데는 이유가 있다. 서스펜스는 긴장감을 더 강화할 수 있기 때문이다. 〈가스등〉에서 관객들은 금세 그레고리와 폴라의 관계를 파악한다. 외출, 가스등, 발자국 소리의 고리 속에서 긴장감은 높아진다. 탁자 위 두 사람의 평화로운 모습과 탁자 밑에서 줄어드는 시한폭탄 타이머를 번갈아 봐야 한다.

그렇지만 아무리 스릴러를 좋아하는 사람이라도 매일 〈가스등〉, 〈죠스〉, 〈텍사스 전기톱 살인사건〉을 보고 싶지는 않을 것이다. 그렇게 되면 더 이상 도파민 따위는 작동하지 않는다. 오직 공포만 남을 뿐이다.

그런데 혹시 우리는 그런 세상을 살고 있지 않은가? 탁자 아래에서는 기후 위기 타이머가 작동하는데, 탁자 위에서는 RE100* 따위는 몰라도 된다는 장면이 스타카토 화법으로 음향효과를 더해 가고 있다. 하루가 다르게 오르는 물가와, 875원이면 합리적인 가격**이라는 장면이 교차해서 상

---

* '재생에너지(Renewable Electricity) 100%'의 약자로, 기업이 사용하는 전력량의 100%를 2050년까지 풍력·태양광 등 재생에너지 전력으로 충당하겠다는 목표의 국제 캠페인이다.

** 2024년 3월 18일, 윤석열 대통령이 실제 마트를 찾아 대파 가격을 보고 "대파(한 단)가 875원이면 합리적인 가격이라고 생각이 듭니다"라고 말했다. 하지만, 현실과 전혀 맞지 않았기에 화제가 되었다. 유통업계에 따르면 대파 한 단의 소매 가격 평균은 3천 원이 넘었고, 875원이라는 가격은 윤 대통령이 방문한 마트에서만 진행한 이벤트로 할인된 가격이었다.

영된다. 탁자 위에서는 수백 조의 과학 기술 투자를 이야기하지만, 탁자 아래에서는 젊은 과학자들이 연구실을 떠나고 있다.

서스펜스에 비해 서프라이즈는 뇌에 보상 효과가 더 크지만 준비하기가 매우 어렵다. 서스펜스가 아닌 서프라이즈 효과를 보고 싶다. 영화야 감독에게 달렸지만 현실은 우리에게 달렸다. 가스등을 부수든지 남편을 쫓아내든지 우리가 결정할 때다.

인공지능 시대의
뇌 사용법

제1차 산업혁명은 증기 기관으로부터 시작됐다. 증기 기관을 세계 최초로 발명한 사람은 스코틀랜드의 제임스 와트. 그렇다면 와트의 이름쯤은 기억해주는 게 인간으로서의 예의다. 그래서인지 우리는 와트(W)를 단위로 사용한다.

그렇다면 와트는 뭘까? "뭐긴 뭐야, 집에서 사용하는 전구는 대개 30~120와트잖아. 30와트 전구는 어둡고, 120와트 전구는 밝지"라는 대답이 튀어나온다. 이 대답만 보면 와트는 전구의 밝기 단위일 것 같다. 그런데 갑자기 조심스러워진다. 요즘 전구들은 작은 와트 수로도 밝은 빛을 내기 때문이다. 검색해보면 와트는 '일률'의 단위라고 나온다.

1와트는 1초에 1줄(J)의 에너지를 사용하는 일률이다. 무슨 말인지 몰라도 상관없다. 아무튼 와트는 밝기 또는 에너지의 법칙을 밝혀낸 제임스 줄의 이름을 따른 것이다. 1줄은 1뉴턴(N)의 힘으로 1미터를 움직이는 데 사용되는 에너지의 양이다. "우씨! 뉴턴은 또 뭐야?" 뉴턴은 만유인력의 법칙을 발견한 아이작 뉴턴의 이름을 딴 힘의 단위다. 한도 끝도 없다.

방향을 바꿔보자. 줄은 낯설어도 칼로리(cal)는 익숙하다. 칼로리 역시 에너지의 단위인데, 물질의 온도를 높이는 데 쓰는 열의 양을 기준으로 측정한다. 과자와 라면 봉지에도 적혀 있어 우리는 매일 접하면서 생활하고 있다.

"하루 평균 여성은 2,000칼로리, 남성은 2,500칼로리를 섭취해야 한다"는 것은 상식이다. 그런데 조심해야 할 것이 있다. 여기서 말하는 칼로리는 cal이 아니라 Cal이다. 대문자로 쓰는 Cal은 소문자로 쓰는 cal보다 1,000배나 큰 킬로칼로리(kcal)다. 그러니까 정확히 표현하자면 "여성은 하루에 2,000킬로칼로리, 남성은 2,500킬로칼로리가 필요하다"고 해야 한다.

줄을 쓰는 것은 물리학자의 일이고 우리는 익숙한 칼로리만 쓰면 될 것 같지만, 그게 그렇지가 않다. 많은 나라의 과자 봉지에는 칼로리가 아니라 줄로 표기되어 있기 때문이다. 너무 걱정하지 않아도 된다. '1줄=0.24칼로리, 1칼로리=4.2줄'로 기억하고 있으면 간단히 어림잡을 수 있다.

지금은 제4차 산업혁명의 시대다. 제4차 산업혁명의 대표 선수는 인공 지능이다. 인공 지능이라고 하면 가장 먼저 떠오르는 알파고와 우리 이세돌 9단이 있다. 그 실력은 굳이 다시 비교할 필요 없지만 에너지 효율은 한번 따져보자.

바둑을 둘 때 소모되는 에너지는 연구된 바가 없다. 하지만 체스 마스터가 체스를 하는 동안 소모되는 에너지 양은 조사되었다. 체스 마스터들이 체스 두는 동안 소모하는 에너지를 심장 박동 추적을 통해 계산했다. 체스 마스터들은 1시간 동안 280킬로칼로리를 소모했다. 엄청난 양이다. 프로 테니스 선수가 30분 동안 단식 경기를 할 때 소모하는 에너지와 같다. 바둑 기사는 대략 체스 마스터보다 2배 정도의 에너지를 소모하는 것으로 알려져 있다.

이세돌과 알파고의 제1국은 2016년 3월 9일 오후 1시에 시작해서 오후 4시 30분에 끝났다. 3.5시간이 걸렸다. 어림잡아 체스 마스터가 6시간 경기하는 에너지만큼 쓰였다고 생각한다면 이세돌은 대략 1,680킬로칼로리를 소모했다. 조코비치가 단식 경기를 3시간 치른 셈이다. 음, 그러고 보니 바둑 기사치고 살찐 사람이 없는 것 같다. 프로 바둑 기사들은 대부분 호리호리하다. (물론 그렇지 않은 분도 몇 분 떠오르긴 한다.)

그렇다면 알파고는 에너지를 얼마나 사용했을까? 알파고는 1,202개의 중앙연산처리장치(CPU)와 176개의 영상처리장치(GPU)를 사용했다. 대략 5만 킬로와트시(kWh)를 사용했을 것이다. (12기가와트시를 썼다는 기사도 있다. 터무니없는 추산이다. 생각해보시라. 웬만한 원자력 발전소 한 대로는 감당이 안 되는 양이다.)

이세돌이 사용한 1,680킬로칼로리(kcal)는 1.194킬로와트시(kWh)다. 알파고는 이세돌보다 에너지를 5만 배나 더 사용한 셈이다. 인공 지능은 인간보다 훨씬 더 많은 에너지를 사용한다. 물론 앞으로는 더 나아지겠지만 아직까지는 인공 지능 하나가 인간 5만 명만큼의 일을 하고 있는 것 같지도 않은데 말이다.

이미 제4차 산업 혁명 시대는 시작되었다. 앞으로 더 많은 에너지가 필요하다는 뜻이다. 하지만 석유와 석탄 같은 화석 연료는 한계에 달하고 있으며 화석 연료 사용으로 인한 지구 가열과 기후 위기 문제는 이미 한계에 달해 있다. 따라서 제4차 산업 혁명의 성공 여부는 인공 지능의 발전만큼이나 새로운 에너지원, 깨끗한 에너지원을 찾는 데 달려 있다.

코로나19 사태가 끝나고 확진자는 거의 사라졌지만 '확찐자'는 늘었다. 그렇다고 체중을 줄이고자 헬스장에 갈 필요는 없다. 운동보다 바둑이 다이어트에 도움이 된다. 독서도 마찬가지다. 악기를 배우면 에너지 소모는 급격히 늘어난다. 제4차 산업혁명 시대라고 인공 지능에만 의존하지 말고 자신의 뇌를 적극적으로 활용하자. 그게 지구를 지키는 길이다. 인공지능 시대를 향유하려면 일단 뇌를 먼저 쓰자.

두꺼비의 경고

"두껍아 두껍아 헌집 줄게 새
집 다오." 모래 더미 안에 손을 넣고 손등의 모래를 다른 손
으로 다지면서 부르던 노래다. 손을 빼낸 다음에 누구 집이
더 큰지 친구들과 겨루면서 놀았다. 그 어린 시절에도 살짝
미안하기는 했다. "아니 헌집 주면서 새집을 달라는 게 말이
돼?"라는 일말의 양심이 있었던 것이다.

하지만 정작 나는 어릴 적 두꺼비를 본 적이 없었다. 이유
는 간단했다. 내가 두꺼비를 개울가에서만 찾았기 때문이다.
두꺼비는 번식기가 아니면 물에 잘 들어가지 않고 땅 위에

사는 양서류다. 뱃가죽으로 땅의 수분을 흡수하는 재주가 있기 때문에 가능한 일이다.

두꺼비는 땅 위에 살지만 알은 물에 낳는다. 두꺼비 올챙이도 개구리 올챙이마냥 허파 대신 아가미로 호흡하기 때문에 물에서 살아야 한다. 강물을 거슬러 올라가는 연어처럼 두꺼비는 오로지 새끼를 낳기 위해 습지로 내려온다. 두꺼비는 개구리와 달리 폴짝폴짝 뛰지 못한다. 엉금엉금 기어다닌다.

땅 위에 살며 느릿느릿 다니는 게 하루 이틀 된 일은 아니다. 두꺼비는 대략 2억 5천만 년 전에 등장했다. 같은 조상에서 두꺼비, 개구리, 도롱뇽 같은 것들이 나왔다. 이때 두꺼비는 땅을 선택했다. 느리게 다녀도 괜찮았다. 독이 있는 곤충을 먹고 그 독을 몸 안에 저장하기 때문에 다른 동물이 잡아먹지 못한다. 다만 독사인 유혈목이만 두꺼비를 잡아먹고 그 독을 다른 동물을 잡을 때 사용할 뿐이다.

심지어 사람들도 개구리는 먹어도 두꺼비는 먹지 않았다. 먹으면 배 아프니까, 잘못하면 죽으니까. 그러니 사람은 괜찮은데 자동차가 문제다. 알을 낳으러 느릿느릿 움직이는 두꺼비를 자동차는 봐주지 않는다. 로드킬을 당한다. 알려진 서식지로 가는 도로에 두꺼비 이동 통로를 만들어주면 좋을 것 같지만 그럴 일은 없을 것 같다.

믿기 어렵겠지만 두꺼비는 멸종 위기 동물이 아니다. 2019년부터 환경부는 양서류 가운데 꼬리치레도롱뇽, 도롱뇽, 두꺼비, 물두꺼비, 북방산개구리, 아무르산개구리 6종을 멸종 위기종이 아닌 '멸종 위기 야생동물 해제종'으로 분류하고 있다. 이전에는 멸종위기였지만 이젠 더 이상 멸종 위기가 아니라는 것이다.

무작정 해제한 것은 아니다. 서식지가 늘어났기 때문이다. 그런데 상식적으로 생각해보자. 지금같은 환경에서 두꺼비 서식지가 늘어나고 개체 수가 늘어났을 리가 없지 않은가. 이유는 간단하다. 환경과 생태에 관심이 많은 시민들이 늘어나면서 새로운 서식지를 발견했기 때문이다. 그러니까 두꺼비 서식지가 늘어난 게 아니라 우리가 알게 된 서식지가 늘었을 뿐이다.

두꺼비 개체수가 줄어드는 것은 쉽게 확인할 수 있다. 환경 단체는 매년 산란철이 되면 서식지로 위험하게 이동하는 두꺼비를 포획해서 안전하게 산란장으로 이동시키는 일을 한다. 같은 사람들이 같은 장소에서 2021년에는 1,832마리를 도와줬는데 그 수가 2022년에는 1,291마리로 줄고 올해는 540마리로 급감했다.

더 심각한 문제도 관찰되었다. 평소에 1대 5 정도였던 암수 비율이 1대 10으로 두 배가 되었다. 수컷이 훨씬 늘어난 것이다. 암컷이 모자라니 어떤 일이 벌어질까? 여러 마리의 수컷들이 암컷에게 달려들어 암컷이 수컷 무게에 짓눌려 산란하다가 죽는 일도 생긴다. 수컷이 너무 많아서 스트레스를 심하게 받은 암컷이 산란을 못 하는 경우도 늘고 있다.

왜 갑자기 수컷이 늘었을까? 모른다. 하지만 다른 생물의 경우를 보고 미루어 가설을 세울 수는 있다. 바로 기후 변화다. 파충류의 경우 산란장의 온도가 새끼의 성별을 좌우한다. 악어류의 경우 둥지 온도가 32.5도에서 33.5도 사이인 경우에는 수컷이 태어나지만 온도가 그보다 높거나 낮으면 암컷이 태어난다. 거북이도 온도에 따라 새끼 성별이 달라진다. 두꺼비 성비의 변화 원인이 무엇인지 밝혀야 한다.

예전엔 3월에 시작하던 봄이 요즘엔 2월에 시작하고 6월에 시작하는 여름은 5월에 시작한다. 변화의 속도가 너무 빨라서 생태계가 채 적응하지 못한다. 두꺼비들이 우리에게 기후 변화를 어떡할 것이냐고 묻고 있을지도 모른다. 우리는 뭐라도 해야 한다.

소년이 온다

매년 헷갈리는 현상이 있다. 엘리뇨와 라니냐가 그것. 어떤 게 소년이라 더워지는 현상이고 어떤 게 소녀라 시원해지는 현상인지 가물가물하다. 하나만 기억하자. 엘(el)과 라(la)는 각각 남성과 여성 관사다. 딱 봐도 엘은 남성이고 라는 여성 느낌이다. 이것만 기억하면 나머지는 자동이다. 각각 엘+니뇨, 라+니냐다. 니뇨는 소년이고 니냐는 소녀다. '엘+니뇨'지만 자음 접변 때문에 우리는 '엘리뇨'로 표기한다.

보통 우리에게 문제가 되는 것은 라니냐가 아니라 엘리뇨다. 기후는 이래도 문제고 저래도 문제지만 요즘 시원해지는 게 뭐가 대수겠는가, 더워지는 게 문제지. 그러니 답도 저절로 나온다. "엘리뇨는 안 좋은 거다."

하지만 세상에 원래부터 안 좋은 게 어디 있겠는가. 예전부터 존재하던 현상이다. 엘리뇨는 단어 그대로 옮기면 어린 남자 아이지만 아기 예수를 뜻한다. 성탄절 무렵이 되면 에콰도르와 페루 같은 태평양 동쪽 나라 해안에 따뜻한 해류가 흐르는 현상을 이르는 말이다.

매년 지구가 점점 더 더워진다던 2022년이 가장 더운 해는 아니었다. 라니냐 현상이 있었기 때문이다. 그나마 라니냐 덕분에 우리가 한숨 돌릴 겨를이 있었던 것이다. 하지만 이듬해는 달랐다. 2023년 내내 기상 관측 이래로 가장 뜨거운 평균 해수면 온도가 유지되고 있는 데다가 원래 4월이면 그 기세가 꺾이기 마련인데 내려가지 않았다.

지구는 무한하지 않다. 한쪽에 공기가 많으면 다른 쪽은 공기가 적어지고 한쪽에 비가 많이 내리면 다른 쪽에는 비가 적게 내린다. 동태평양 지역에 고기압이 강하면 서태평양 지역의 고기압은 약하고 동태평양에 가뭄이 들면, 서태평양에 홍수가 난다. 마치 풍선 한쪽을 누르면 다른 쪽이 튀어나오는 것과 같다.

태평양은 넓고 엘리뇨 현상은 지역마다 다르게 나타난다. 우리나라의 경우 엘리뇨 현상이 발생하면 장마가 길어진다. 태평양 고기압 세력이 약해져서 장마 전선을 북쪽으로 올리지 못하기 때문이다. 2023년 예보에 따르면 당시 7월에는 나흘을 제외하고는 비가 올 거라고 한다. 특히 남부 지방은 큰 비 피해가 발생했다. 이럴때 지구 반대편에 있는 페루나 에콰도르에는 큰 가뭄이 나타난다.

2023년의 엘리뇨 현상은 역대급이었다. 어차피 매년 더워지고 있는 기온은 차치하고라도 한쪽에서는 홍수로 다른 쪽에서는 가뭄으로 농작물 생산량이 크게 줄었다. 해충과 전염병 피해도 심각할 것이다. 우리는 어떤 준비를 하고 있는지 궁금하다. 특히 우리나라처럼 식량 자급률이 낮은 나라는 매년 식량 사정이 걱정이다. (북한은 말할 것도 없다.)

엘리뇨는 국제 정세의 안정을 해칠 것이다. 이런 예는 얼마든지 있다. 프랑스 혁명이나 아랍의 봄은 단지 민중들의 의식이 바뀌어서 발생한 것은 아니다. 1783년부터 1784년까지 2년간 아이슬란드 화산이 폭발하면서 유럽의 농작물 생산량이 급감했다. 이는 1789년 프랑스 혁명의 원인이 되었다. 아랍의 봄은 벨라루스와 러시아의 여름이 더워지면서 밀 생산이 급감하자 수입 밀가격이 오른 데 대한 분노로 발생했다. 압제는 참아도 배고픈 건 못 참는다.

우리는 태평성대에 살고 있다. 전쟁을 경험해 본 사람이 거의 없다. 1953년 한국 전쟁이 끝날 무렵 10살이었던 사람은 이미 80세. 대한민국 공무원 가운데 한국 전쟁을 경험해 본 사람이 이제 한 명도 안 남은 것이다. 앞으로도 태평성대가 이어질까?

석탄과 석유라고 하는 싸고 강력한 화석에너지를 마음껏 써서 인류는 경제 혁명을 이뤘다. 그 결과 우리는 기후 위기를 겪고 있다. 지구라도 좀 협조해 주면 좋은데 우리는 올해부터 몇 년간 엘리뇨를 겪으면서 더 힘든 시기를 보내야 한다. 우리가 어떻게 엘리뇨를 막겠는가? 하지만 대책은 세워야 한다. 그리고 에너지 전환은 미룰 수 없는 일이다.

엘리뇨와 라니냐는 지구과학1 교과서에도 나오는 내용이다. 수능에 이 주제로 문제를 내도 질책받거나 잘릴 일은 없을 것이다. 그리고 올해는 정말 심각한 엘리뇨 현상을 겪을 테니 수능에 나올 확률이 매우 높다. 한 번 더 살펴보시라. 그리고 수능보다 더 중요한 게 있으니, 올해 여름을 견뎌내는 것이다. 역대급 소년이 온다.

올 여름이
가장 시원하다

1991년 10월 호그와트 마법 학교에서 헤르미온느 그레인저와 론 위즐리, 네빌 롱바텀 그리고 해리 포터는 아거스 필치로부터 숨으려던 밤, 플러피와 맞닥뜨렸다. 플러피는 루베우스 해그리드가 언젠가 술집에서 만난 그리스 사람에게서 얻은 머리 세 개 달린 개다. 괴상하게 생긴 개를 만난 마법학교의 악동들은 겁이 났다. 도저히 그 앞을 지날 수가 없었다.

마법사의 돌에 얽힌 비밀을 어떻게 풀 것인가? 뜻이 있으면 길이 생기는 법! 1992년 6월 말 해리는 플루트를 연주해서 플러피를 잠재울 수 있었다. (이런 해결법이 불편하지 않은 까닭은 '해리 포터'가 판타지 소설이기 때문이다.) 그는 론과 헤르미온느와 함께 지하 방으로 숨어들어갈 수 있었다. 머리 세 개 달린 개로 생긴 위기는 결국 해피앤드로 끝난다.

그런데 웬걸! 판타지 세계에서와 달리 현실에서는 플러피가 다시 깨어났다. 이번에는 케르베로스(Cerberos)라는 본명을 가지고 말이다. 케르베로스는 단테의 '신곡-지옥'편에 등장하는 저승의 문지기다. 유럽인들은 2023년 여름의 지독한 더위를 케르베로스 폭염이라고 불렀다. 펄펄 끓는 지옥을 떠올린 것이다. 이탈리아 문학이 소환되는 판에 그리스 신화라고 잠잠할 수 없다. 당시의 더위를 카론 폭염이라고도 부른다. 카론(Charon)은 그리스 신화에서 지하 세계로 영혼을 데려가는 뱃사공이다. 역시 지옥불을 떠올리는 더위라는 뜻이다.

정말로 덥다. 느낌이 아니라 숫자가 말한다. 산업화 이전 지구 평균 기온은 15도였다. 이젠 평균 기온이 16.1도다. 100여 년 동안 1.1도 오른 것이다. 겨우 1.1도 올랐는데도 우리 삶을 통째로 바꿔야 할 정도로 기후가 변했다. 그런데 2023년 7월에는 지구 평균 기온이 처음으로 17도선을 넘었다. 같은 해 6월은 기후 측정 이후 가장 더운 6월이었다(이런 기사 제목은 매년 봤다. 이제는 기자들이 식상해서 더 이상 쓰지 않는 것 같다). 2023년 7월은 지난 12만 년 중 가장 뜨거운 7월이었다. 우리는 역사의 현장을 몸으로 겪고 있다.

기온만 오른 게 아니다. 바다도 데워졌다. 지난 2023년 7월 21~22일 대서양의 표면 온도는 1981~2011년 평균보다 무려 1.52도나 높았다. 그래서 몇 도냐고? 24.9도다. 이건 평균이다. 플로리다의 매너티베이의 해수면 온도는 38.4도에 달했다. 나는 이렇게 뜨거운 물에는 몸을 담글 엄두도 내지 못한다. 그렇다면 거기에 살고 있던 생명들은 어떻게 되었을까? 그리고 거기서 생활을 해야 하는 어부들은?

유럽인들이 케르베로스 폭염이니 카론 폭염이니 하는 게 호들갑이 아니다. 지중해는 평년보다 4도 이상 높고 심지어 일부 지역은 30도를 넘는 이상 고온 현상이 이어지고 있다.

대서양만 그런 게 아니다. 전 세계 바다가 예년보다 0.8도 이상 높다. 0.8도를 우습게 보면 안 된다. 엘리뇨의 영향이라고 한다. 맞다. 그런데 우리가 기억해야 할 게 있다. 본격적인 엘리뇨는 아직 시작하지도 않았다는 것이다. 엘리뇨는 가을과 겨울로 가면서 그 영향이 커진다.

2023년에 입학한 초등학교 1학년은 2016년에 태어났다. 이들은 2022년까지 7년을 살다가 드디어 초등학교에 입학

했다. 그런데 그 7년은 기후를 측정한 이후 가장 더운 7년이었다. 어쩌면 호모 사피엔스가 등장한 후 가장 더운 7년일지도 모른다. 불쌍한 친구들이다. 혹시 매년 길을 가다가 초등학교 1학년을 만난다면 꼭 껴안아주면서 위로하자.

그런데 문득 다른 생각이 들었다. 우리의 입장에서 보면 가장 더운 7년이었지만 그들의 입장에서 보면 어쩌면 가장 시원한 7년이었을 수도 있을 것 같다. 아니나 다를까! 2015년 생인 초등학교 2학년이 살았던 2023년까지의 8년으로 범위를 확장해보니 그 8년은 기후 측정 이후 가장 더운 8년이었다. 그렇다. 그들은 한 해 한 해를 살아가면서 점점 더 뜨거운 세계를 경험할 것이다.

긍정적으로 생각하자. 덥다 덥다 하지 말고 시원하다고 생각하자. 실제로 우리 인생에서 올해가 가장 시원한 여름일 수도 있다. 우리가 언제 또 이렇게 시원한 여름을 즐길 수 있겠는가? 그러니 지금 이 시원함을 즐기자.

✳

겨울잠

내게 기대어 조각잠을 자던 / 그
모습 그대로 잠들었구나 / 무슨 꿈을 꾸니 / 깨어나면 이야기
해 줄 거지 / 언제나의 아침처럼

아이유의 노래 '겨울잠'의 한 대목이다. 아이유는 말했다.
"이 노래를 부르면 이제는 정말로 무너지지 않는다"고 말이
다. 겨울잠은 아이유를 버티게 하는 힘이다.

여수 바닷가에 살던 나는 겨울잠이란 말을 집이 아니라
학교에서 처음 배웠다. 초등학교 2학년 초겨울 선생님이 말

씀하셨다. "개구리는 겨울잠을 자요." 난 아니라고 했다가 야단맞았다. 내가 살던 정유 공장 사택 옆으로는 공장에서 데워진 냉각수 덕분에 겨울에도 김이 모락모락 나는 개천이 흘렀다. 개천에서 개구리를 잡아 선생님께 보여드렸다. 이번엔 매를 맞았다.

겨울잠의 대표 선수는 곰과 개구리다. 항온 동물인 곰이 겨울잠을 자는 이유는 그 큰 덩치의 체온을 유지할 정도로 충분한 먹이를 확보할 수 없는 겨울에 에너지 소비를 줄이기 위해서다. 가끔 깨어 활동하기도 하니까 곰의 겨울잠은 긴 잠이라고 할 수 있다. 이에 반해 변온 동물인 개구리의 겨울잠은 심장 박동과 호흡마저 거의 하지 않는 반죽음 상태다. 겨울잠을 자는 땅속이 영하로 떨어져도 개구리의 몸은 얼지 않는다. 개구리 세포에는 부동액이 있기 때문이다.

(선생님이 때려도 되는 건 아니지만) 좋다! 보통의 경우 개구리는 겨울에는 겨울잠을 잔다. 그런데 도대체 겨울은 언제 오는 것인가? 24절기에 따르면 입동은 11월 7~8일이다. 태양 황경이 225도가 될 때다. 그런데 11월 상순에 겨울이라고 느낀 적은 없다. 교실에서 석탄을 때던 시절에도 11월 마지막 주 월요일부터 석탄 배급을 했다. 기상학적으로는 평균 기온, 그러니까 최고 기온과 최저 기온의 중간값이 5도 밑으로

내려가서 다시 올라가지 않는 때를 겨울의 시작점이라고 한다. 2000년대에 들어서는 12월 4일 이후에 시작되고 있다. 아마도 올해는 훨씬 뒤에 시작했을 듯싶다.

　정말로 기후가 변하고 있는 것일까? 숫자로 확인해 보면 된다. 더운 여름은 98일에서 118일로 20일이나 늘었고 추운 겨울은 109일에서 87일로 22일이나 줄었다. 지구 자전축이 움직인 것도 아니고 태양이 더 가까워진 것도 아닌데 말이다. 오로지 이산화탄소 때문이다. 앞으로 차차 화석 연료에서 태양광과 풍력 같은 재생 에너지로 바꾸면 온도가 더 이상 오르지는 않고 조절될 것이라고 믿는다. 인간은 문제를 일으키기도 하지만 해결하는 능력도 있으니 말이다. 그렇다고 해서 온도가 예전으로 돌아가지는 않을 것이다. 그래서 걱정이 남는다.

　겨울은 누구에게나 혹독한 계절이다. 미리 대비해야 한다. 이걸 생명들은 자연스럽게 터득하고 적응했다. 나무들도 수분 손실을 막고 잎을 유지하는 데 사용하는 에너지를 절약하기 위해, 또 눈 무게에 나뭇가지가 부러지는 것을 방지하기 위해 이파리를 미리 떨궈둔다. 조경수는 사람들이 짚으로 나무를 감싸주고 때로는 마대로 나무 전체를 감싸서 동해를 방지하기도 한다.

그런데 계절이 오락가락하고 있다. 그나마 우리 인간에게 는 달력이라도 있다. 그래서 온도와 상관없이 계절이 변했다 고 느끼고 대비한다. 그러면 달력조차 없는 동식물들은 어떻 게 겨울을 대비할까? 며칠 전 한 친구가 자신의 페이스북 담 벼락에 한국 지질 자원 연구원에 도롱뇽이 나타난 사진을 올 렸다. 달력이 바뀌어도 겨울이 온지 모르는 거다. 그 도롱뇽 은 최근 며칠 찾아온 깜짝(?) 추위에 살아남았을까?

사람도 개구리처럼 반죽음 상태를 유지하거나 곰처럼 긴 잠을 자는 것은 아니지만 생활을 최소화했다. 가을걷이로 먹 을 것은 일단 확보됐고 밖에 다니자니 춥기 때문이었다. 그 런데 이젠 그런 일은 없다. 먹을 것은 사시사철 풍족하고 따 뜻한 옷과 화석 연료에서 나오는 강력한 에너지는 겨울을 잊 게 했다. 덕분에 동물들은 제대로 겨울잠을 잘 수 없다. 겨울 잠에서 깨어나 긴 하품을 하면서 신선한 공기를 삼키는 곰의 얼굴을 떠올려 보자. 아이유가 노래했다.

때 이른 봄 몇 송이 꺾어다 / 너의 방 문 앞에 두었어 / 긴 잠 실컷 자고 나오면 / 그때쯤엔 예쁘게 피어 있겠다

창백한 푸른 점과
기후 정치

1990년 2월 13일 NASA의 보이저 1호가 해왕성을 지나 지구에서 약 60억 킬로미터 떨어진 곳에서 태양계 바깥을 향해 속도를 내고 있을 때, 임무 관리자가 3시간 동안 카메라를 예열하기 시작했다. 예열이 끝난 보이저 1호는 해왕성에서 금성과 태양에 이르는 태양계 가족의 이미지를 촬영했다. 그리고 2월 14일 4시 48분(GMT) 지구의 초상화를 찍었다. 칼 세이건이 말한 '창백한 푸른 점'이 바로 그것이다.

정확히 34년이 지난 2024년 2월 14일 일군의 시민들이 서울 정동의 한 카페에 모여 성명문을 낭독했다. "기후가 모든 것을 바꾸고 있다. 우리와 우리 아이들의 미래가 소리 없이 무너지고 있다. 1994년 우리는 2024년에 우리가 어떤 식으로 살게 될지 예상할 수 있었다. 2024년 우리는, 2054년에 우리가 어떤 식으로 살게 될지 알지 못한다."

정말이다. 이제 30년 후의 지구 기후가 어떻게 될지 모른다. 불과 2년 전 과학자들은 "산업화 이후 지구 평균 기온 상승이 1.5도에 달하는 때는 2030~35년일 것"이라고 예측했다. 2021년까지 1.1도 상승한 것에 비하면 과한 예측으로 보였다. 그런데 웬걸! 2023년에 이미 1.48도에 달했다. 2023년 2월부터 2024년 1월까지 최근 12개월 동안에는 1.52도에 달했다.

2023년 4월부터 조짐이 안 좋았다. 4월이면 북반구는 여름을 향해 가지만 남반구는 겨울을 향한다. 북반구보다 남반구 바다가 훨씬 넓다. 따라서 4월부터는 지구 해수면 평균 온도가 내려가야 정상인데 2023년에는 다른 양상을 보였다. 해수면 온도 그래프가 전년도 그래프에 바짝 붙어서 오르는 것을 넘어 점프한 모습을 보였다. 그 누구도 예상하지 못한 결과였다. 2023년은 예외적인 현상이어야 한다. 앞으로도 그렇다면 정말 큰일이다.

    기온 상승의 임계점은 2도다. 만년설과 빙하에 반사되던 태양 에너지가 그대로 바다에 흡수되면서 기온이 급격히 높아지기 시작한다. 롤러코스터를 생각하면 된다. 처음에는 전기로 꼭대기까지 오른다. 그 다음부터는 중력에 의존하여 저절로 떨어진다. 세울 수가 없다. 꼭대기에 도달하면 이미 늦었다. 세우려면 그 전에 세워야 한다. 기후 변화도 마찬가지다. 2도가 상승하고 나면 인류의 힘으로 막을 수 없다. 그 전에 막아야 한다.

    우리는 기후 상승을 1.5도에서 막겠다는 목표를 세웠었다. 하지만 최근 12개월을 보면 이미 1.5도를 넘어섰다. 그렇다고 해서 우리 인류가 당장 망하지는 않을 것이다. 시민들은 삶의 방식을 바꾸겠다고 한다. 플라스틱 쓰레기를 덜 배출하기 위해 텀블러와 에코백을 사용하고, 대중교통을 이용하고 소고기를 덜 먹겠다고 한다. 그런데 그런다고 기후 변화를 막을 수 있을까?

    정치가 바뀌어야 한다. 대중교통은 더 편리하고 더 싸거나 무료가 되어야 하고, 강제로라도 에너지 전환을 해야 하며, 농업, 관광, 금융, 건축, 축산 모든 분야가 새로운 길로 들어서야 한다. 어려운 일이 아니다. 기술이 아니라 의지의 문제다. 에너지 전환을 비롯하여 기후 변화를 극복하기 위한 기술의 95퍼센트는 이미 존재한다. 실제로 기술을 쓰면 된다. 여기에는 온갖 문제가 발생하고 문제를 해결하기 위해서는 세금이 필요하며, 세금을 쓰기 위해서는 법을 만들어야 하고 법을 만드는 사람은 우리가 선출한다.

정동에 모인 시민들은 '기후 정치'를 선언했다. 여야, 보수와 진보를 떠나서 기후 문제에 관해서 만큼은 협력하자는 것이다. 각 정당은 기후 변화 대책 공약을 공식적으로 발표해야 하며 시민은 해결을 촉진할 사람들을 국회로 보내야 한다.

칼 세이건은 1996년 암병상에 누운 채 창백한 푸른 점에 대한 메시지를 온 인류에게 보냈다.

"저것은 바로 여기입니다. 저것은 고향이며, 바로 우리입니다. 저기에는 당신이 이제껏 들어온 모든 사람, 살았던 모든 인간, 살아왔던 그들의 삶이 모두 있습니다. (…) 우리의 행성은 광활한 우주의 어둠에 둘러싸인 하나의 외로운 얼룩에 불과합니다. 이 광활한 우주에서 우리를 구해줄 도움의 손길을 기대하는 것은 부질없는 일입니다. 우리에게 달려 있습니다."

✕

대재앙의
예고편

"만리장성은 우주선에서도 보인다."

말도 안 되는 소리다. 만리장성이 아무리 길어봤자 폭이 불과 몇 미터밖에 안 되는데 그게 어떻게 보이겠는가? 인간의 활약상이 아무리 뛰어나도 우주에서는 티도 안 난다. 그런데 자연의 변화는 우주에서도 관찰된다.

2019년 9월 인공위성에서는 호주 상공의 거대한 갈색 구름을 볼 수 있었다. 갈색 구름의 정체는 호주 남서부에서 뉴질랜드로 향하는 거대한 연기였다. 호주가 불타고 있었다. 마침 나는 9월 말부터 거의 3주 동안 호주 북동쪽의 해안 도시 케언스에서 시작, 대륙 중심에 있는 거대한 돌덩어리 울룰루를 거쳐 남서쪽의 해안 도시 퍼스까지 자동차 여행을 했다. 일정의 3분의 1을 들불과 함께했다. 밤에 야영을 할 때는 수십 킬로미터 떨어진 곳이 불타는 장면을 쉽게 볼 수 있었다. 낮에도 흰 연기를 봤다. 사막의 고속도로 주변은 이미 불탄 곳이 많았고 매일 소방차와 마주쳤다. 소방대가 도로를 차단해 수백 킬로미터를 돌아가야 하는 일도 있었다.

이때까지만 해도 흔히 있는 일이라고 생각했다. 주유소에서 만난 한 소방대원에게서 재밌는 화재 예방법 이야기를 들었다. 한쪽에서는 들불을 끄고 다른 쪽에서는 들불을 낸다는 것이다. 어차피 자기네가 다른 곳으로 이동한 후에 들불이 다시 날 게 분명하니까 이동하는 시간을 절약하기 위해 들불을 내서 (자신들의 통제 하에) 일대를 다 태워버린다는 것이다. 아무리 사막이라고 하지만 듬성듬성 덤불들이 있어서 탈 것들은 제법 많다. 그리고 회복력도 엄청 좋다고 했다. 이때까지만 해도 들불이 이렇게 오래가고 거대해질 줄은 아무도 몰랐던 것 같다. 호주 들불은 4개월 만에 스위스 국토 면적의 땅을 잿더미로 만들었다. 서울시 면적의 80배가 초토화된 것이다.

들불의 책임을 누구에게 물을까? 들불은 자연스러운 일

이다. 식생의 변화에 좋은 영향을 주기도 한다. 실제로 호주 정부도 별걱정을 하지 않았다. 하지만 11월부터는 들불이 시드니 주택가까지 확장됐다. 배우 러셀 크로의 별장 두 채도 불탔다. 그제야 소방 당국은 들불이 통제 불가능한 수준임을 인정했다. 이미 주택 2,000채 이상이 불에 탔고 24명이 숨졌다.

헬리콥터와 군함까지 동원해서 주민들을 대피시켰다. 동물들의 사정은 어떨까? 놀랍게도 호주 사막을 관통하는 고속도로 주변의 땅들은 수많은 철책으로 구역이 나뉘어 있다.

물론 그 구역이 엄청나게 크기는 하지만, 동물들도 어떻게든 도로로 나와야 피할 곳을 찾을 수 있다. 지금까지 수많은 포유류, 파충류들이 죽었다. 캥거루 새끼들은 철책을 넘지 못했다. 철책에 걸린 채 까맣게 타 죽었다. 코알라는 원래 느림보인데다가 잘 움직이지 않는다. 화재가 코앞에 왔을 때야 움직이기 시작하다가 온몸에 화상을 입고 죽었다. 수많은 앵무새들이 이 나무에서 저 나무로 옮겨 다니다가 질식해서 추락한 후 불에 탔다. 도마뱀 같은 파충류들에게 철책은 장애가 되지 않지만 그들보다 들불의 전파 속도가 훨씬 빨랐다. 지금까지 4억 8,000만~5억 마리의 척추동물이 불에 타서 죽었을 것으로 추정된다.

문제는 이 동물들 가운데 87퍼센트는 오직 호주에만 사는 동물이라는 것이다. 그리고 설사 곧 화재가 진압된다고 해도 문제가 해결되지는 않는다. 지금까지 코알라의 30퍼센트가 불에 타서 죽었지만 그들의 서식지는 80퍼센트가 사라졌기 때문이다. 20퍼센트 남은 서식지에 70퍼센트의 개체가 살 수는 없다.

이 사건은 그냥 가슴 아프고 슬픈 사건이 아니다. 미안한 사건이다. 그리고 불안한 전조이다. 왜냐하면 이 들불의 원인은 바로 지구 가열이기 때문이다. (과학자들은 더 이상 '지구온난화'라는 마음 편한 단어를 쓰지 않는다.) 즉, 기후위기의 결과인 것이다. (과학자들은 더 이상 '기후변화'라는 모호한 단어를 쓰지 않는다.)

단지 호주 사람들만이 저지른 일이 아니다. 우리 모두의 책임이다. 그리고 우리의 미래이기도 하다. 1.5도! 산업화 이후 지구 대기 온도 상승을 1.5도에서 막아야 한다. 그렇지 않으면 온 지구가 지금 호주 대륙처럼 될 것이다. 이미 1도 올랐다. 10년! 딱 10년 남았다. 2030년까지 이산화탄소 순 배출을 제로로 만들지 못하면 늦는다. 호주 들불은 앞으로 매년 목격하게 될 예고편에 불과하다.

죽지 않고
사라질 뿐

　　　　바이러스는 '살았다' 또는 '죽었
다'라고 표현하기 어려운 존재다. 왜냐하면 딱히 생명이라
고 말할 수가 없는 존재이기 때문이다. 바이러스는 전자 현
미경으로 보면 아름다운 생명처럼 생겼고 DNA 또는 RNA로
된 유전자도 가지고 있지만 스스로 생명 현상을 유지할 능력
이 없다. 박테리아, 식물과 동물에 얹혀 있을 때만 살아 있는
것처럼 보인다. 따라서 바이러스를 '죽였다'고 말하기보다는
바이러스를 '파괴했다' 또는 '처리했다'고 말하는 게 맞는 표
현일 것이다.

바이러스는 너무나 작다. 박테리아는 우리 몸에 들어와서 병을 일으키기도 하는데 그러려면 동식물의 세포보다 많이 작아야 한다. 대충 동물 세포의 100분의 1 크기라고 하자. 그런데 바이러스는 동식물뿐만 아니라 박테리아에 들어가서 기생하기도 한다. 그러니 더 작아야 한다. 동물 세포의 1만분의 1 정도라고 하자. 한 변의 길이가 1센티미터 정도인 주사위 옆에 볼펜으로 점을 하나 찍어보자. 이때 주사위가 소금알갱이 한 알이라고 한다면 볼펜 점이 동물 세포인 셈이다. 그러니 바이러스는 얼마나 작은 존재인가. 너무 작아서 생명 활동을 할 수 없고 따라서 죽을 수도 없는 존재가 바이러스다.

2020년 도쿄 올림픽을 앞에 두고는 코로나 바이러스가 온 세계를 휩저었다. 게다가 당시 일본 정부의 방역 태도와 역량을 신뢰하기 어려운 상황이라 올림픽 취소 또는 연기를 주장하거나 그게 어렵다면 무관중 경기로 올림픽을 치르자는 주장도 나오곤 했다. 중계료라도 챙기자는 심산이다. 하긴 전 세계인을 위해 올림픽을 유치한 나라가 경제적인 손실까지 크게 봐야 되겠는가. 피해를 최소화하려는 노력은 필요했다.

바이러스가 올림픽을 위협한 게 이번이 처음은 아니다.

2016년 브라질 리우 올림픽을 앞두고서 지카 바이러스가 세계인을 긴장시켰다. 지카 바이러스는 사람과 사람 사이의 접촉에 의해서가 아니라 이집트숲모기와 아시아산 흰줄숲모기를 통해 전염된다. 따라서 당시 현지에서는 마스크 파동 대신 모기장 파동이 있었다.

차라리 내가 아프고 말지 어떻게 자식에게 그런 병을 물려주겠는가. 남자 프로골퍼 세계 톱 랭커들을 비롯해 많은 사람들이 리우 올림픽에 불참했다. 올림픽 개막을 앞두고 선수촌에는 무려 45만 개의 콘돔이 배포되었다. 1988년 서울 올림픽 때는 8,500개, 1992년 바르셀로나 올림픽 때는 9만 개에 불과했던 것에 비하면 엄청난 양이다. 모든 선수가 하루에 2개씩 사용할 수 있는 양이었으니 필요 이상으로 많이 배포한 것이다. 마치 코로나 시기 우리가 필요 이상으로 많은 마스크를 구입했던 것처럼 말이다.

지카 바이러스에 감염되면 다섯 명당 한 명꼴로 고열, 발진, 관절통, 안구 충혈 등의 증세가 나타난다. 하지만 입원할 정도로 심각하지는 않다. 문제는 신생아다. 지카 바이러스에 감염된 부모의 신생아는 소두증을 앓았다. 소두증이란 두뇌가 충분히 자라지 못한 채 머리와 뇌가 작게 태어나는 뇌 손상 증세를 말한다.

2016년 1월에는 리우에서만 7,700건의 지카 바이러스 감염 사례가 보고되었지만 다행히도 정작 올림픽이 시작되기 전인 7월에는 140건으로 줄었고 대회 직전에는 지카 바이러스 확진 건수가 거의 없었다. 우리나라 질병 관리 본부처럼 영웅적인 조치를 취하는 정부 기관이 브라질에도 있었던 것은 아니다. 또 각국의 선수단이 한국 선수단처럼 모기장과 모기 퇴치제를 단단히 챙기고 모기를 막는 소재로 만든 유니폼을 갖춰 입었기 때문도 아니다. 남반구가 선선한 겨울로 접어들면서 모기가 줄어들었기 때문이다.

모든 올림픽은 성공적으로 개최되어야 한다. 일본에서 하는 올림픽이 위기에 처하니까 '쌤통'이라는 심정이었던 분들은 반성하자. 솔직히 일본 정부가 미덥지 않은 것은 사실이지만, 우리는 세계 시민이다. 올림픽을 위해 힘든 훈련을 감내한 선수들이 정정당당하게 겨룰 수 있어야 한다. 올림픽을 통해 세계 경제 상황이 조금이라도 개선되어야 한다. 올림픽을 통해 한일 관계가 한 발짝 더 나아가야 한다. 남과 북의 선수들이 손을 맞잡고 입장하는 장면도 보고 싶다. 모든 올림픽의 성공을 위해 전 세계인이 힘을 합쳐야 한다.

앞으로도 코로나와 같은 위기가 얼마든지 생길 수 있다. 그럴 때마다 누구를 탓할 게 아니라 함께 맞서서 해결해야 할 일이다. 지금부터라도 손을 깨끗이 자주 씻는 습관을 들이자.

바이러스는 죽지 않는다. 다만 사라질 뿐이다.

✕

주인 행세하는
고양이

1969년 이탈리아에서 열린 국제 동요 경연 대회에 네 살짜리 여자아이가 등장했다. 그 아이가 부른 노래 제목은 〈볼레보 운 가또 네로(Volevo un gatto nero)〉. 우리말 제목은 〈검은 고양이 네로〉. 매우 귀여운 노래지만 나는 이 노래를 두려워했다. 노래보다 먼저 시청한 영화 때문이었다.

에드가 엘런 포 원작의 〈검은 고양이〉가 그것이다. 주인공이 검은 고양이 플루토의 눈을 파서 목 매달아 죽였는데, 똑같이 생긴 고양이를 아내가 집에 데려온다. 어느날 주인공이 아내를 죽여 지하실 벽 속에 감췄는데, 나중에 벽에서 아내의 시체와 함께 두 번째 검은 고양이가 나온다는 이야기다. 에드가 엘런 포 때문에 고양이, 특히 검은 고양이는 내게 공포의 대상이 되었고 마치 그 영화의 주제인 것처럼 들리는 이탈리아 동요 역시 무서운 노래가 되었다.

고양잇과 동물의 조상은 2,500만 년 전에 아시아에 등장했다. 이후 전 세계로 퍼져나가면서 다양한 환경에 적응하여 여러 종으로 진화했다. 2,300만~500만 년 전에 지구에는 중대한 기후 변화가 일어났다. 기후가 더 시원하고 건조해진 것이다. 숲은 줄어들고 초원이 늘었다. 광대한 초원에서 풀을 먹는 초식동물이 본격적으로 진화했다.

고양잇과 동물들은 묘한 상황에 놓였다. 먹잇감은 늘었는데 확 트인 풍경에서 사냥하는 일은 쉽지 않았다. 그림의 떡이었다. 그림의 떡이라도 먹어야 하니 기술이 필요했다. 은밀하게 이동하고 민첩하게 사냥하는 기술을 터득한 고양잇과 동물만 살아남았다. 그리고 현생 야생 동물 세계에서 최고의 포식자가 되었다. 그 가운데에는 펠리스 리비카Felis lybica라고 하는 아프리카 들고양이가 있었다.

펠리스 리비카는 원래 사막과 사바나 지역에서 번성했으며 자연스러운 위장, 야행성 습관, 고독한 사냥 습성을 가지고 있다. 날씬한 체격과 예리한 감각 같은 신체적 적응은 오랜 시간에 걸쳐 험난한 환경에 적합하도록 연마되었다. 건조한 지역과 초목이 우거진 지역 모두에서 생존할 수 있었던 펠리스 리비카의 유연성이 결국 펠리스 카투스Felis catus, 즉 집고양이에게 이어졌다.

펠리스 카투스 역시 다른 고양이과 동물처럼 고독한 사냥꾼이었다. 그런데 어쩌다가 집고양이는 우리와 함께 살게 되었을까? 놀랍게도 이것 역시 기후 변화의 결과다. 지금으로부터 2만 년 전에서 1만 년 전 사이 동안 지구의 평균 기온이 한꺼번에 4~5도가 상승했다. 이때 마지막 빙하기가 끝났고 지구에는 처음으로 농사를 지을 수 있는 기후 환경이 만들어졌다. 그리고 당시 인류는 때마침 농사를 발명하고 신석기인이라는 명함을 팠다.

수렵 채집과 농사의 결정적인 차이는 '잉여'다. 수렵한 고기와 채집한 과일은 저장할 수 없지만 농사로 수확한 곡식은 얼마든지 저장할 수 있었다. 드디어 인류사에 재산, 빈부차이, 계급이 등장하게 되었다. 잉여 곡식은 쥐를 불렀다. 쥐의 입장에서는 하늘에서 만나가 내리는 것 같았다. 쥐가 들끓는 인간 서식지는 고양이에게도 매력적이었다. 인간 근처에만 오면 쉽게 사냥할 수 있었기 때문이다.

모든 고양잇과 동물은 접었다 펼 수 있는 접이식 발톱이 있다. 먹이를 추적할 때는 발톱을 접어넣고 푹신한 발바닥 패드로 조용히 쫓다가 결정적인 순간이 되면 강력한 뒷다리 근육과 유연한 허리를 이용하여 단번에 먹잇감을 후려친다.

인간에게 고양이는 친해지기는 어렵지만 고마운 존재였다. 게다가 따로 먹이를 줄 필요도 없었다. 그러다보니 고양이는 사람을 주인 취급하지 않는다. 우리가 고양이를 반려동물로 삼게 된 게 우리가 그토록 두려워하는 기후 변화의 결과라는 것이 아이러니하다.

내가 어린 시절을 보낸 어촌 마을에는 고양이가 없었다. 고양이가 어디서나 고마운 것은 아니다. 어물전의 고양이는 곳간의 쥐와 같은 존재다. 우리 사회에도 쥐와 고양이 같은 존재가 있다. 고양이는 쥐만 잡아먹는 게 아니다. 주인의 생선도 훔쳐 먹을 수 있다. 그리고 접이식 발톱으로 주인을 할퀼 수도 있다. 우리 사회에서 얻어먹는 주제에 주인 행세를 하는 고양이는 누구인가? 나는 그 고양이가 더 두렵다.

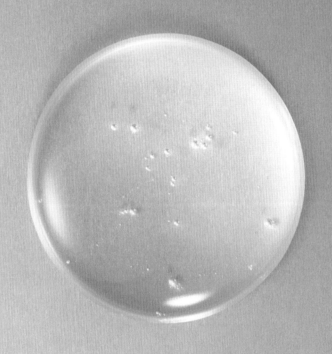

2장
더불어 살아가기

수소결합
같은 삶

아이작 뉴턴은 스물세 살에 만유인력을 발견했다. 그리고 평생을 연금술사로 살았다. 연금술을 하려면, 그러니까 납 같은 하찮은 금속을 금 같은 비싼 금속으로 바꾸려면 '철학자의 돌'이란 것이 필요하다고 믿었다. 당대의 천재였던 뉴턴이 연금술을 믿게 된 데에는 근거가 있었다. 바로 4원소설이다. 이는 아리스토텔레스 때부터 2천 년 넘도록 유럽을 지배해온 생각이다. 그는 만물이 물, 불, 공기, 흙이라는 네 가지 원소로 되어 있다는 4원소설을 받아들였고, 비율만 바꾸면 납이 금으로 바뀐다고 생각했다.

현대의 물리학자들은 금을 만들 수 있다. 하지만 금을 만들지는 않는다. 왜 그럴까? 바보가 아니기 때문이다.

모든 물질은 원자로 되어 있다. 원자는 양성자와 중성자, 그리고 전자로 이루어져 있다. 양성자는 주민등록번호와 같다. 전 세계를 통틀어 나의 주민등록번호를 가지고 있는 사람은 나밖에 없다. 마찬가지로 양성자의 숫자에 따라서 이것이 무슨 원소인지가 정해진다. 양성자가 2개면 무조건 헬륨이다. 금은 양성자가 79개다. 핵 안에 양성자를 79개만 넣어주면 무조건 금이 된다.

그런데 백금은 양성자가 78개다. 백금에다가 양성자 1개를 더하면, 그러니까 중성자를 충돌시켜서 양성자를 79개로 만들면 금이 된다. 문제는 경제성이다. 백금은 금보다 비싸다. 또 백금을 금으로 만들기 위해서는 입자 가속기가 필요하다. (우리나라의 경우에는 포항공대, 월성원자력환경관리센터에 입자 가속기가 있다. 나는 포항공대를 스무 번 넘게 가봤지만 입자 가속기를 구경조차 하지 못했다. 심지어 심사위원 자격으로 갔을 때도 보지 못했다.) 아니면 비싼 백금 대신 저렴한 구리나 주석을 이용할 수도 있다. 구리는 양성자가 29개, 주석은 50개다. 둘을 합치면 양성자가 79개다. 금이 되는 것이다. 그럼에도 만들지 않는 이유는 입자 가속기를 돌리려면 어마어마한 전기가 필요하기 때문이다. 중세 연금술의 주원료였던 납의 양성자 수는 82개다. 따라서 납의 원자핵에서 양성자를 3개만 제거하면 납을 금으로 바꿀 수 있다. 하지만 양성자를 집어넣거나 빼내려면 역시 입자 가속기가 필요하다. 입자 가속기를 운영하는 비용은 막대한데 거기서 만들 수 있는 금의 양은 보잘것없다. 과학자들은 바보가 아니기 때문에 금을 만들지 않는 것이다.

주기율표 속 원소들의 관계

주기율표에는 무려 118가지의 원소가 들어 있다. 주기율표를 보면 원소가 한 칸에 하나씩 있다. 수소는 1번, 헬륨은 2번, 리튬은 3번… 이런 식으로. 이 숫자가 의미하는 것은 핵 안에 양성자가 1개, 2개, 3개… 이렇게 있다는 뜻이다. 색깔은 이 원소들이 기체인지, 금속인지, 준금속인지 등을 알려준다. 근데 '미정'이라고 되어 있는 게 있다. 기체인지, 액체인지, 고체인지 정해지지 않았다는 뜻이다. 104번부터 118번까지가 이런 원소들이다. 왜 정하지 못했을까? 그 존재를 아주 잠깐 봤을 뿐 기체인지, 액체인지, 고체인지 확인하지 못했기 때문이다. 과학자들이 억지로 만들었지만 만들고 나서 '아, 이게 고체야, 액체야' 확인하기도 전에 없어져버린 것이다. 그러니까 92번 우라늄까지만이 우주에 자연적으로 존재하는 원소다. 93번부터는 다 인간이 만든 원소다. 원래 우주에는 존재하지 않았던 원소인 것이다.

우주에는 92가지 원소가 있다. 그런데 43번 테크네튬과 61번 프로메튬은 지구에 단 한 개도 없다. 우주엔 있는데 지구에는 없는 것이다. 87번 프랑슘은 지구에 약 19개 정도 있을 거라고 추정되고 있다. 없는 거나 마찬가지여서 어떤 사람은 지구의 원소는 89가지뿐이라고 하고 어떤 사람은 그래도 있는 것은 있는 거니까 90가지라고 한다. 그러니까 우주에 있는 원소는 92가지이고, 지구에 있는 원소는 90가지다. 아주 중요한 사실인데 절대로 시험에 나오지는 않는다.

지구상에는 이 90가지 원소로 만들어진 3천만 가지 물질이 있다고 한다. 90가지 원소밖에 없는데 어떻게 3천만 가지가 만들어질까? '결합'이란 걸 통해서 변한 것이다.

원자는 눈에 보이지 않는다. 수소 원자의 경우 크기가 1센티미터의 1억분의 1밖에 되지 않는다. 그러니까, 수소 원자 1억 개를 한 줄로 죽 세우면 1센티미터가 된다. 세포 1개도 수조 개의 원자로 이루어져 있다. 과학자들은 눈에 보이지 않는 원자를 설명하기 위해 모형을 만들었다. 마치 지구가 태양 주변을 공전하듯이 전자가 원자핵 주변을 공전하는 모형을 만든 것이다. 그러나 사실은 그렇지 않다. 전자는 원자핵 주변을 이리저리 마구 돌아다니고 있으며 마치 구름처럼 에워싸고 있다.

핵 안의 양성자, 중성자는 질량이 똑같으며 바깥을 돌고 있는 전자는 양성자, 중성자보다 매우 가볍다. 양성자, 중성자 질량의 약 1800분의 1밖에 되지 않는다. 예를 들어 수소는 양성자가 1개밖에 없고 전자가 주위를 돌고 있다. 만약에 양성자 질량이 1이고 전자가 1800분의 1밖에 안 된다면 이 원자의 질량은 양성자의 질량이다.

그런데 원자의 공간은 전자가 차지하고 있다. 상암 축구 경기장이 원자라고 한다면 축구 경기장을 마구 날아다니다가 한가운데 앉아 있는 무당벌레가 핵이다. 원자의 무게는 이 무당벌레(핵)가 다 갖고 있다. 전자는 무게가 없다. 근데 질량은 거의 다 차지하고 있다. 사람의 몸은 원자로 이루어져 있다. 우리 몸의 대부분은 허공인 것이다. 그런데 우리 몸은 왜 허공으로 보이지 않을까? 무수히 많은 원자들이 겹쳐 있어서 그렇다. 또한 우리 몸은 허공이므로 손가락으로 다른 손바닥을 누르면 손가락이 뚫고 나와야 한다. 근데 왜 안 그럴까? 전자들이 돌아다니고 있고, 전자들이 서로 밀치기 때문이다. 즉 우리 손가락과 손바닥에 있는 전자들이 서로 밀쳐서 들어갈 수가 없는 것이다. 원자 주변의 전자는 어찌나 빨리 돌아다니는지 마치 구름처럼 보인다. 우리가 보기에는 뭔가 구름이 뿌옇게 차 있는 것처럼 보이지만 그 순간에 전자는 하나밖에 없다.

주기율표의 첫 번째 세로줄은 전자가 1개 있는 원소들을 보여준다. 그러니까 수소, 리튬, 나트륨, 칼륨, 루비듐, 세슘은 제일 바깥에 있는 껍질에 전자가 1개밖에 없다. 그다음 줄은 전자가 2개, 다다음 줄은 3개, 4개⋯ 제일 마지막 줄은 전자가 8개가 있다는 걸 보여준다.

수소는 바깥에 전자가 1개 있다. 리튬은 양성자가 3개니까 전자도 3개다. 첫 번째 껍질에 2개가 있고 마지막 껍질에 1개가 있다. 나트륨(소듐)은 11번인데 첫 번째에 2개, 두 번째에는 8개, 마지막에 1개밖에 없다.

전자는 핵을 둘러싼 여러 껍질에 나뉘어 자리 잡고 있는데 껍질마다 들어갈 수 있는 수의 제약이 있다. 첫 번째 껍질에는 전자 2개, 두 번째 껍질에는 8개, 세 번째 껍질에는 18개⋯ 이렇게만 들어갈 수 있다. 첫 번째 껍질은 작아서 전자가 2개밖에 못 들어간다. 전자는 이 수를 채우려고 한다.

헬륨은 전자가 2개 있다. 네온은 10번이고 첫 번째 껍질은 2개, 바깥 껍질은 8개로 꽉 찼다. 그다음 18번 아르곤은 용접할 때 쓰는 물질로 처음에 2개, 다음에 8개, 맨 바깥에 또 8개가 있다. 이 원소들은 매우 안정된 상태다.

그다음에 카본, 즉 탄소다. 탄소는 6번이다. 처음에 2개가 있고 마지막에 4개가 있다. 질소는 7번이다. 처음에 2개 쓰고 바깥에 5개가 있는 것이다. 산소는 8번이다. 처음에 2개가 있고 제일 마지막에 6개가 있는 것이다. 17번 염소는 제일 안에 2개가 있고 그다음에 8개가 있으면 마지막에 7개가 있다. 통상적으로는 제일 마지막 껍질에 있는 전자만 표시한다. 그 이유는 가장 바깥 껍질에 있는 전자만 공유할 수 있기 때문이다. 반응이나 결합에 관여하지 않으니 안에 있는 전자는 표시할 필요가 없다. 역사는 항상 변두리에서만 일어난다.

근데 왜 우라늄보다 더 큰 원소는 없을까? 저마다 다 크기가 있기 때문이다. 영국 작가 조너선 스위프트는 소인국과 거인국이 등장하는 소설『걸리버 여행기』를 썼다. 주인공 레뮤얼 걸리버는 소인국 사람들보다는 12배 크고, 거인국 사람들은 걸리버보다 12배 크다. 스위프트는 소인국 사람들이 하루에 약 0.25리터의 포도주를 마신다고 했다. 그렇다면 걸리버에게는 하루에 몇 리터의 포도주를 제공해야 할까? 스위프트는 나름대로 과학적으로 계산했다. 키가 12배면 부피는 $12 \times 12 \times 12 = 1728$배이므로 소인국 사람들은 걸리버에게 매일 432리터(0.25×1728)의 포도주를 제공해야 한다고 가정했다. 걸리버가 이 많은 포도주를 다 마셨다면 하루도 버티지 못했을 것이다. 같은 식으로 계산하면 거인국 사람들은 하루에 약 75만 리터, 1년이면 2천 7백만 리터를 마신다는 말이 된다(우리나라의 1년 포도주 수입량이 3천만 리터 정도다). 스위프트는 크기가 다르면 기능도 다를 거라고 생각했다. 예를 들면 소인국 사람들은 현미경 없이도 미생물을 볼 수 있다. 작으니까 눈도 작을 것이고, 작은 눈으로는 작은 것도 볼 수 있다고 생각한 것이다. 마찬가지로 거인국 사람들은 망원경 없이도 멀리 있는 천체를 볼 수 있다는 식이다. 당연히 『걸리버 여행기』와 같은 일은 현실에서 일어나지 않는다. 소인국 사람도 현미경이 있어야 미생물을 볼 수 있고, 거인국 사람도 망원경이 있어야 멀리 있는 천체를 볼 수 있다. 천상의 물체든 지구 위에 있는 물체든 만유인력의 지배를 똑같이 받는 것처럼, 살아 있는 모든 생명체들은 크기와 상관없이 같은 물리 법칙의 지배를 받기 때문이다. 크기가 달라지면 모양도 달라진다. 사람만큼 큰 개미나 개미처럼 작은 사람은 존재할 수 없다.

구소련의 물리학자 조지 가모프는 빅뱅 이론을 처음으로 주장했다. 그는 우주 탄생 1초 후에 우주의 온도가 100억 도에 이르렀다가, 3분이 되면 10억 도, 1백만 년이 되면 3천 도로 서서히 식었을 거라고 예상을 했다. 초기 우주는 매우 뜨거워서 무거운 원소들이 존재하지 않았고 가장 단순한 원소인 수소, 헬륨이 전부였을 거라고 예측했다. 우주에 있는 원소들이 서로 부딪치지 못하고 스쳐 지나가기만 하다가 우주의 온도가 식으면서 점점 서로 잡아당기기 시작했고, 하나로 뭉쳐 입자를 이루기 시작했다는 것이다. 이는 이후 천문 관측을 통해 사실로 밝혀졌다.

철 같은 무거운 원소는 별에서 만들어졌다. 별의 뜨거운 내부에서 헬륨이 융합해 탄소가 만들어지고, 다시 탄소가 헬륨 핵과 융합해 나트륨과 네온이 형성되고, 마그네슘, 황, 실리콘이 만들어진 다음 철이 형성된다.

실제로도 우주에서 제일 많은 원소는 수소다. 처음에 입자들이 부딪혀 만들어진 게 수소였던 것이다. 그다음 많은 게 헬륨. 그다음 많은 게 탄소, 산소, 네온, 마그네슘, 규소, 철… 그런데 리튬은 별로 없다. "중국이 희소 금속을 수출하는 걸 금지했다"라는 뉴스에 자주 등장하는 게 바로 리튬이다.

우리는 우주에 대해 아는 게 별로 없다. 우리가 아는 1퍼센트는 별이나 행성 같은 것, 4퍼센트는 별과 행성 사이에 있는 가스이다. 나머지 95퍼센트는 암흑 에너지, 암흑 물질이다. 색깔이 검어서 '암흑'이 아니라 정체를 몰라서 '암흑'이라고 한 것이다. 블랙홀이 검은 구멍인 게 아니다. 우리는 우주의 95퍼센트가 뭔지 모른다. 우리가 아는 건 5퍼센트밖에 없다. 원자들이다.

이런 입자를 이루는 데에는 4가지 힘이 작용을 한다. 중력, 전자기력, 강한 핵력, 약한 핵력. 이런 힘들이 작용해서 존재할 수 있는 가장 큰 크기가 우라늄이다. 코끼리만 한 사람이 있을 수 없듯 우라늄보다 더 큰 원자는 안정이 되지 않는다. 그래서 인간이 억지로 더 큰 원자를 만들어도 부서지고 없어지고 마는 거다.

90가지로 3천만 가지를 만드는 '결합'

>⁻

90가지밖에 안 되는 원소로 자그마치 3천만 가지 물질이 만들어진다. 이러한 결합에는 4가지가 있다. 금속 결합, 이온 결합, 공유 결합, 수소 결합.

학교에서 배울 때는 마치 원자와 원자 사이에 선이 그어져 있는 것처럼 가르친다. 예를 들어 니코틴 분자는 탄소, 수소, 질소 사이에 선이 있는 것처럼 표현한다. 사실 니코틴 분자를 전자 현미경으로 찍어보면 실제로는 원자와 원자를 이어주는 막대기 같은 건 없다. 단단한 뭔가로 결합되어 있는 게 아니다. 원자와 원자가 서로 잡아당기는 힘이 있을 뿐이다.

첫 번째 금속 결합은 금속끼리 하는 결합이다. 나트륨, 마그네슘, 베릴륨 같은 금속들이 금속 결합을 한다. 예를 들어 마그네슘은 12번이다. 전자가 12개가 있다는 말이다. 첫 번째 껍질에 2개, 두 번째 껍질에 8개, 마지막 껍질에 2개밖에 없다. 이 마그네슘에서 나온 전자들이 종횡무진 아무렇게나 마구 돌아다닌다. 마구 돌아다니니까 전기도 잘 통하고 열도 잘 난다. 열이 난다는 건 전자들이 다니면서 마찰을 일으키는 것이다. 이렇게 전자가 잘 돌아다니는 대표적인 원소가 은이다. 은으로 전깃줄을 만들면 전기가 낭비되지 않고 잘 전달된다. 그런데 은으로 안 만드는 이유는 사람들이 끊어서 가져가기 때문이다. 지금은 불황이라 구리선도 끊어서 가져간다. 전깃줄을 은으로 바꾸면 집집마다 정전이 될지도 모른다.

두 번째는 이온 결합으로, 금속과 비금속 간의 결합이다. 금속은 '아낌없이 주는 쪽'이고 비금속은 '거침없이 받는 쪽'이다. 나트륨은 금속인데 칼로 자르면 아주 뻑뻑한 두부 자르는 느낌이 든다. 그렇지만 나트륨을 칼로 잘라본 사람은 별로 없을 것이다. 왜냐하면 반응성이 좋아서 물만 닿으면 폭발하기 때문이다. 내가 독일에서 공부할 때 다른 실험실의 나트륨이 폭발해 학교 지붕이 다 날아갔다. 그렇게 위험한 나트륨$_{Na}$ 원자에 염소$_{Cl}$ 원자를 결합시키면 소금 분자가 생긴다. 나트륨은 마지막 껍질에 전자 1개, 염소는 마지막 껍질에 전자 7개가 있다. 원자들은 전자를 꽉 채우고 싶어한다. 나트륨은 전자 1개를 없애버리면 제일 마지막 껍질이 8개로 꽉 차 있게 된다. 염소는 마지막에 7개밖에 없으니 1개를 받으면 꽉 찬다. 나트륨은 하나를 줘버려서 안정되고 염소는 하나를 받으니까 안정이 된다. 금속은 아낌없이 주는 게 이익이고 비금속은 거침없이 받는 게 이익이다.

그렇게 만들어지는 게 우리가 먹는 소금이다. 나트륨은 먹자마자 우리 몸이 폭발하고, 염소는 가스를 마시는 순간 죽을 텐데 이 두 가지로 만든 소금이 없으면 인간도 죽고 말 것이다. 인간은 매일 소금을 먹어야 한다. 그러니까 하나의 원소는 사람에게 아무런 의미가 없거나 위험할 수 있는데,

결합을 통해서 만든 원소는 정반대의 역할을 할 수가 있다. 이렇게 전자를 주는 쪽은 양전하를 띠게 되고, 전자를 받는 쪽은 음전하를 띠게 되는데 서로 결합하면서 중성인 분자가 되는 것을 이온 결합이라고 한다.

근데 이온이 되려면 에너지가 필요하다. 수소는 전자가 1개다. 이럴 때는 전자를 버리기가 매우 힘들다. 핵이 단단하게 잡고 있기 때문이다. 이온화를 위한 에너지는 너무 높다. 리튬은 핵이 바깥 껍질까지 미치는 힘이 약하다. 나트륨은 더 머니까 더 떼기가 쉽다. 근데 염소 같은 경우는 이온화 에너지가 높다. 핵이 커서 이온을 떼어내기가 어렵다. 7개를 모두 버리느니 남이 버린 거 1개 받는 게 훨씬 더 유리한 것이다. 한쪽은 주기만 하고, 다른 한쪽은 받기만 하는 관계가 되는 이유가 한쪽은 줘서 이득이고, 다른 한쪽은 받아서 이득이기 때문이다.

이런 이온들은 우리 생명에 결정적인 역할을 한다. 신경 전달은 전기 신호가 오는 것이다. 전기 신호가 온다든지, 우리가 어떤 생각을 조절하기 위해서 신호를 보낼 때 나트륨, 칼륨, 칼슘 이온들이 세포 안에 들어오고 나가면서 조절해준다. 그래서 소금을 통해서 나트륨을 섭취하는 게 필요한 것이다. 이런 신호가 전달이 안 될 경우에는 내가 더운지, 땀

을 흘려야 되는지, 아니면 내 손이 불에 데고 있는지 모르게
된다.

세 번째는 공유 결합으로, 비금속과 비금속 간의 결합이
다. 원자들이 전자를 함께 공유하는 것으로, 아주 강한 결합
이다. 매우 공정한 것 같은데 그 대신 끊기도 어렵다. 수소는
전자가 1개뿐이다. 1개밖에 없으니 불안하다. 그래서 수소와
수소가 각자 가진 1개를 같이 쓴다. 우리가 바깥에서 볼 때
는 사이좋게 있는 거 같지만 사실은 상대방 걸 가지려고 하
고 있는 것이다. 떼어내지 못하는 이유는 둘의 힘이 비슷하
기 때문이다. 암모니아 분자도 마찬가지다. 질소$_N$는 7번이니
까 제일 바깥에 5개가 있다. 3개가 더 필요하다. 그래서 수소
$_H$가 3개 붙는 것이다. NH3. 그러면 암모니아가 되는 것이다.
그다음에 메탄 분자. 탄소$_C$는 6번이니까 끝에 4개가 있다. 수
소와 결합해 메탄$_{CH4}$ 분자가 되는 것이다. 그렇다면 물은? 물
분자$_{H2O}$는 산소$_O$ 원자와 수소$_H$ 원자로 이루어진다. 수소는 전
자가 1개 있고, 산소는 마지막 껍질에 전자가 6개 있다. 전자
가 2개 더 필요하다. 그래서 수소 원자가 1개 더 결합한다.
산소 입장에서는 자기가 8개를 다 가진 거 같고 수소 입장에
서는 2개를 다 가진 것처럼 보인다.

결합할 때는 결합 에너지를 버려야 한다. 에너지가 많으

면 결합하지 못하므로 에너지를 버리는 것이다. 수소와 산소는 에너지가 높을 때는 서로 따로따로 있다. 근데 에너지가 떨어지면 둘이 달라붙는다. 화약이 폭발하는 원리도 이와 같다. 삼중 결합을 하며 열에너지를 밖으로 방출하면서 순간적으로 폭발하는 것이다.

그런데 왜 가만히 놔뒀을 때는 폭발하지 않을까? 왜냐하면 마치 벽 같은 장애물이 있기 때문이다. 이 벽을 넘어야만 하는데, 그러기 위해서는 에너지를 받아야 한다. 이것이 바로 2005년에 노벨 화학상을 받은 복분해라는 것이다. 분자들이 있는 곳에 어떤 존재가 나타나 분자와 짝을 이뤄 춤을 추다가 '체인징 파트너'를 한다. 파트너를 바꿔가며 계속 새롭게 결합한다. 이 존재로 인해 새로운 물성을 지닌 전혀 다른 분자 구조의 화합물이 생겨난다. 이것을 복분해라고 한다. 이 존재가 중요하다. 벽을 넘게 해주는 존재, 활성화를 시켜주는 존재. 그 존재를 우리는 촉매라고 부른다.

생명에도 촉매가 있다. 효소다. 높은 벽의 높이를 낮춰주는 존재이다. 활성화 에너지를 낮춰서 반응 속도를 빠르게 해준다. 천년이고 만 년이고 가만히 놔두면 변하기는 한다. 하지만 그 때까지 기다릴 수는 없다. 아침 밥 먹었으면 소화를 시켜야 한다.

마지막으로 수소 결합이 있다. 밤하늘에서 별처럼 반짝이는 것들이 모두 별은 아니다. 그중에는 은하도 있다. 보통 은하 하나에 1,500억~3,000억 개의 별이 있다. 이런 은하가 우주에는 3천억 개쯤 있다. 이게 다 수소다. 제일 가벼워서 우주가 식었을 때 양성자와 부딪혀 양성자 전자 1개를 가져가서 만들어진 게 수소다. 제일 중요한 원소이다. 물은 산소 1개와 수소 2개로 만들어진다. 근데 산소는 양성을 띠고 수소는 음성을 띠게 되어 있다. 수소는 1개밖에 없는 전자를 산소와 공유하고 있다. 수소 결합은 전자는 주고받지 않는 약한 결합이다. 포스트잇 결합 같다.

모양만 만들어주는 수소 결합이 사실 생명에는 결정적인 결합이다. 세포 안으로 들어가보면 핵이 있고 핵에는 실타래 같은 염색체가 들어 있다. 이 실타래에서 실처럼 풀어지는 것이 DNA다. DNA를 자세히 들여다보면 꼬여 있는 사다리 모양(이중 나선)이다. 사다리의 가로대는 염기 1쌍으로 이루어져 있다. 거기에 어떤 효소가 달라붙어 있는데 이걸 포스트잇처럼 떼어서 RNA를 만들게 된다. RNA가 만들어진 다음 핵 바깥으로 세포질로 나온다. 여기서 리보자임이라는 단백질 덩어리가 붙으면서 아미노산이 생겨난다. 리보자임은 효소처럼 작용하는 RNA 분자이다(RNA의 ribo와 효소의 zyme을 합성하여 리보자임이라는 이름을 붙였다). 아미노산끼리의 수소 결합 때문에 저절로 모양이 굽어지면서 효소의 모양을 갖추게 된다. 즉, DNA에서 RNA가 될 때 계속 작용하는 것이 수소 결합이다. 길게 연결하기만 하면 소용이 없고 굽혀져야만 소용이 있는데 굽혀주는 게 수소결합인 것이다.

이런 수소 결합은 전자를 주고받지 않는다. 단지 모양을 만들어줘서 DNA나 RNA 단백질의 역할을 해주게 된다. 구아닌과 시토신 사이의 삼중 결합을 보여주고 있는 것이다. 수소 결합에는 에너지가 필요하지 않다.

수소 결합을 강조하는 이유는, 세상을 바꾸는 데 개인이 목숨까지 던지고 너무 많은 걸 희생하는 식으로 해서는 힘들다는 얘기를 하고 싶어서다. 한 명이 엄청난 에너지를 쏟아서 하는 일 말고 보통 사람들이 할 수 있는 아주 작고 간단한 일, 예를 들어 하루에 10분을 할애하거나, 또는 한 달에 만 원을 쓰거나, 아니면 어느 장소에 있어주는 것만으로도 세상을 바꿀 수 있지 않을까. 그냥 내가 거기 있는 것만으로 세상에 도움이 된다면, 수소 결합 같은 삶을 살면 좋겠다.

✕

페이스앱에
침팬지를 넣는다면

　　　　　　　　요즘 소셜 미디어에서는 페이
스앱FaceApp이 대유행이다. 이는 러시아에 본사를 둔 와이어리
스 랩이 개발한 사진 편집 프로그램이다. 인공 지능을 기반
으로 신경 네트워크를 사용하여 사진의 얼굴을 매우 사실적
으로 변환해준다.

　소셜 미디어 친구들이 너도나도 변형한 자기 얼굴을 보여
준다. 중년의 교수가 수십 년 전 앳된 얼굴로 되돌아가거나
수십 년 후 늙은 얼굴을 하고 있다. 웃긴 사진도 있고 "아, 이
사람은 늙어도 참 곱구나" 싶은 사진도 있다. 심지어 성별을

바꾸기도 한다. 하도 많이 올라와서 짜증이 나기도 하지만 재밌기도 해서 나도 해보고 싶은 마음이 생기기도 했다.

삼청동에서 과학 전문 서점 '갈다'를 운영하는 천문학자 이명현 박사는 본인을 여자로 변환한 사진을 여러 장 올렸다. 증명사진을 변환시킨 게 아니라, 원래 내가 알고 있던 사진에 나온 남자 이명현을 여자 이명현으로 바꿨다. 완벽하다. 오히려 이명현 박사는 여자로 태어나면 더 좋았을 것 같은 생각이 들 정도다. 또 여자 이명현 박사의 얼굴에서 그의 딸 모습을 보면서 유전자는 거짓말을 하지 않는다는 것도 새삼 느끼게 됐다(그래서 내가 이 앱을 사용하지 못한다).

그런데 페이스앱을 침팬지에게 적용하면 어떨까? 쉽지 않을 것이다. 엄니 때문이다. 여기서 엄니란 어머니 혹은 어금니를 짧게 부른 게 아니다. 포유동물 가운데는 유달리 길게 자라는 이빨을 가진 동물들이 있다. 보통 앞니와 송곳니 가운데 엄니로 자란다. 생각해보시라. 어금니는 너무 안쪽에 있어서 길게 자랄 수가 없다. 상아라고 부르는 코끼리 엄니는 앞니가 발달한 것이고 멧돼지와 바다코끼리의 엄니는 송곳니가 발달한 경우다.

코끼리나 바다코끼리만큼 크지는 않더라노 엄니가 있는 동물들은 많다. 늑대와 침팬지도 마찬가지다. 그런데 침팬지는 수컷에게만 엄니가 있다. 이 엄니는 수컷끼리 싸울 때 사용한다. 가끔 가다가 실제로 엄니를 사용해서 싸우는 경우도 있지만 대부분의 경우 엄니를 보여주는 것만으로도 싸움은 끝난다. (사람들도 그렇다. 실제로 주먹질을 하거나 대포를 쏘는 일보다는 포악한 표정을 드러내는 것만으로 싸움이 끝난다. 다행이다.)

침팬지에게 페이스앱을 적용하여 성별을 바꾼다면 엄니 때문에 전혀 다른 존재로 보일 것이다. 남자 침팬지 이명현 박사를 여자 침팬지 이명현 박사로 바꾸면 완전히 다른 침팬지로 보여서 원래 이명현 박사를 짐작할 수 없을 것이다. 그러면 아무런 재미가 없디. 페이스앱은 침팬지에게는 쓸모없는 앱이다(아마 침팬지가 스마트폰으로 소셜 미디어 활동을 한다고 해도 페이스앱이 인기를 얻지는 못할 것이다).

침팬지 수컷의 싸움이 보통 평화적으로 끝날 수 있는 까닭은 무리 내에서 또는 다른 집단과의 싸움에서 엄니가 때때로 사용되었기 때문이다. 엄니에 물려서 크게 다치거나 치명상을 입어 죽는 것을 보았고 그것을 잘 기억하고 있기 때문에 가능하면 진짜 싸움이 일어나기 전에 엄니를 보여주는 수준에서 승부를 가르려고 하는 것이다.

침팬지와 인류가 공통 조상에서 갈라선 게 700만 년 전이다. 각자 다른 진화의 길을 걷는 동안 침팬지는 큰 변화가 없어서 여전히 700만 년 전과 비슷한 환경에서 비슷한 방식으로 살아가지만 인류는 혁신에 혁신을 거듭했다. 이마가 턱과 같은 수직선상에 놓일 정도로 커졌고 눈두덩이가 거의 없어졌으며 턱과 이빨은 작아졌다. 엄니 역시 사라졌다.

우리는 개와 고양이처럼 작은 동물에게 물리는 것도 두려워한다. 하지만 사람에게 물릴 것을 걱정하면서 살지는 않는다. 엄니가 없기 때문이다. 개와 고양이는 흉기를 들고 싸우지 않지만 사람은 누군가를 헤치려고 할 때 꼭 흉기를 찾는다. 엄니가 있고 없고의 차이다. 인간의 송곳니는 엄니로 자라기는커녕 높이도 그 옆의 다른 치아보다 같거나 낮다. 물어봐야 송곳니로 상처를 내기는 어렵다.

인류는 왜 엄니라고 하는 어마어마한 살인 병기를 포기했을까? 가장 합리적인 해석은 서로 위협하거나 죽이지 않았기 때문이라는 것이다. 다툼이 없지는 않았지만 온순한 존재가 된 것은 사실이다. 먹이의 변화 때문이라는 주장도 있다. 싸울 때 적에게 치명적인 송곳니는 위턱에 난 송곳니다. 실제 인류의 송곳니는 윗턱부터 먼저 작아졌다. 식성보다는 싸움이 줄었기 때문이라는 설명이 설득력이 있는 까닭이다.

침팬지는 갈등을 전쟁으로 해결하는 데 반해 가장 가까운 친척인 보노보는 갈등을 사랑으로 해결한다고 알려져 있다.

그만큼 보노보는 평화의 상징이다. 그런데 인간은 보노보보다 몸집은 더 크지만 송곳니는 더 작다. 이것은 인류가 보노보 이상으로 평화로운 존재라는 뜻이다.

원시인과 달리 현대인은 식량을 구하는 데 큰 어려움이 없다. 침팬지와 달리 누구나 짝을 지을 수도 있다. 적어도 우리는 보노보뿐만 아니라 원시인보다는 평화롭게 살아야 한다. 사진 편집 프로그램만으로 쉽게 남녀 얼굴이 변환되는 존재라는 사실에 자부심을 가지고 서로 크게 싸우지는 말자.

✕
만국의 탈모인들이여
연대를!

　　　　　　　　잠자기 싫어하는 아이를 재울
때마다 어릴 때 할머니에게 들은 이야기를 해주곤 했다. 그
렇다고 "떡 하나 주면 안 잡아먹지"라는 호랑이 얘기를 해줬
다는 건 아니다. 할머니는 나를 재울 때 "키는 잠잘 때만 크
는 거야"라고 말씀하셨다. 키 크는 데 별로 관심이 없었던지
나는 가능하면 늦게 잤고 그래서인지 실제로 키가 작다. 나
는 딸에게 "너도 키가 크고 싶으면 잠을 자야 해, 아빠가 키
가 작은 이유는 어릴 때 잠을 자지 않아서야"라며 반협박
을 했다. 알고 보니 터무니없는 협박이 아니었다. 실제로 성

장 호르몬은 밤 10시에서 새벽 2시 사이에 가장 많이 분비된다. 따라서 성장기의 아이들은 밤 10시에는 잠자리에 들어야 한다.

키는 어느 정도 자라면 멈추지만 성인이 되어서도 줄기차게 자라는 게 있다. 손톱과 발톱 그리고 머리카락이다. 손톱은 하루에 0.1밀리미터 정도 자라고 발톱의 성장 속도는 손톱보다 3배 더디다. 손톱이 완전히 새로 바뀌는 데는 4개월 정도 걸리고 발톱이 모두 자라는 데는 1년이 걸리는 셈이다. 손톱과 발톱을 모두 합치면 1년에 거의 50센티미터가 자란다. 이차피 깎아버릴 건데 이렇게 미구 지리는 게 좀 아깝기는 하다.

머리카락은 손톱보다 세 배쯤 빨리 자란다. 머리카락은 정말 생장 능력이 대단한 녀석이다. 모구에 있는 케라티노사이트에서 머리털이 하루에 0.3~0.5밀리미터씩 자란다. 케라티노사이트가 우리 머리에 10만 개쯤 있으니까, 1년에 자란 머리카락을 모두 이으면 16킬로미터나 된다. 세포 분열 속도가 엄청나게 빠른 것이다.

항암 치료를 하면 머리가 빠지는 이유가 바로 여기에 있다. 항암 치료란 암세포의 증식을 막는 방식인데, 암세포만 골라내서 증식을 막을 수는 없다. 다른 세포의 증식도 막는다. 평상시에는 머리카락이 빠지는 만큼 머리카락이 새로 나기 때문에 일정하게 유지되지만 항암치료로 이러한 작용이 안 되니 머리가 먼저 빠지는 것처럼 보이는 것이다.

천문학자인 내 친구 이명현 박사는 여자처럼 머리를 길게 치렁치렁 늘어뜨리고 다닌다. 이제 나이도 있고 예전처럼 날씬하지도 않아서 긴 머리가 별로 섹시해 보이지 않으니 좀 자르라고 핀잔을 해도 꿋꿋하게 기른다. 알고 보니 소아 암 환자들에게 선물할 가발을 만들기 위해 머리를 기르는 것이라고 한다. 착한 마음씨가 갸륵하다.

세상 도처에 착한 사람들이 많다. 2015년 5월의 일이다. 미국 메이저리그 클리브랜드 인디언스의 3루수 마이크 아빌레스. 그가 갑자기 성적이 부진해졌다. 네 살배기 딸이 백혈병 진단을 받았기 때문이다. 팀은 아빌레스에게 딸과 함께 지낼 수 있도록 휴가를 주었고, 아빌레스는 딸을 위해 삭발을 했다. 항암치료를 받으면서 머리가 빠진 딸이 자신의 민머리를 낯설어했기 때문이다. 아빌레스가 팀으로 복귀하고 나서 관중들이 깜짝 놀랄 일이 벌어졌다. 모든 선수들과 감독, 코치진, 구단주까지 머리를 빡빡 밀고 나타났기 때문이다. 동료의 아픔에 연대를 표시한 것이다. 아름다운 이야기다.

머리를 미는 것은 쉬운 일이 아니다. 세월호에 탔던 아이들의 부모들이 단체로 삭발한 적이 있다. 부모도 울고 깎는 사람도 울고 지켜보는 사람들도 울어야 했다. 머리가 없으면 눈에 띈다. 주목을 받아야 하는 불편한 일이다. 그것을 감수하고 머리를 깎았다면 그들의 이야기를 관심을 가지고 들어주고 위로하고, 꼬인 것을 풀어주고 막힌 곳을 뚫어주는 게 상식적인 정부의 일이다.

　　항암 치료를 받는 것도 아니고 시위성 호소를 위한 것도 아닌데 머리가 빠져서 괴로운 사람들도 있다. 우리 아버지는 머리가 반질반질하게 윤이 나는 심한 대머리였다. 결혼 사진에서 이미 훤칠한 이마를 과시하고 있던 것으로 보아 20대에 탈모가 시작된 것 같다. 그래도 30세에 결혼을 하셨기에 망정이지 하마터면 내가 태어나지 못할 뻔했다. 아버지의 피를 열정적으로 물려받은 내 동생도 꽤 대머리다. 이런저런 치료제를 발라봤고 급기야 중국에 가서 모발 이식 수술까지 받고 왔다. 말은 안 하지만 탈모로 인한 스트레스가 꽤 컸을 것이다.

　　우리는 머리카락에 너무 많은 의미를 부여한다. 머리카락이 인간에게 가장 중요한 기관인 두뇌를 감싸고 다양한 충격에서 두뇌를 보호하기 때문이라고 한다. 머리카락이 뇌 보호에 별로 주요하지 않은 것은 최고의 천재 가운데 스티브 잡스, 알베르트 아인슈타인, 스티브 발머처럼 대머리들이 꽤 있는 것으로 보아 쉽게 짐작할 수 있다.

그럼에도 불구하고 탈모인들은 이런저런 차별을 받는다. 오죽하면 탈모 치료를 받은 사람만 20만 명이 넘고 잠재 인구까지 하면 1,000만이 될 거라는 추산이 나오겠는가. 탈모 환자가 많아지고 취업 준비생들까지 두피에 신경 쓰다 보니 탈모 시장은 최근 5년간 10배 넘게 성장해서 그 규모가 1조 4,000억 원에 이른다.

최근에는 탈모 환자들 사이에서 두피 문신이 인기다. 두피 문신은 의료용 특수 잉크로 두피에 미세하게 점점이 문신을 하여 머리카락처럼 보이게 하는 착시 효과를 일으킨다. 서양에서는 탈모인들이 아예 머리를 빡빡 밀고서 머리카락이 없는 곳에만 머리 문신을 한다. 결과적으로는 똑같지만 사람들은 다르게 받아들인다. 원래부터 머리가 없는 대머리 남성에게는 부정적인 인상을 갖지만 머리를 일부러 밀어서 삭발한 남성에게는 매력을 느끼기 때문이다.

대머리는 그 누구에게도 피해를 주지 않는다. 사회생활에서 불편함을 느낄 이유가 없다. 성소수자, 장애인, 외국인, 혼혈인들도 마찬가지다. 탈모인들이 당당히 살 수 있는 사회란

여타의 다른 소수자들도 당당히 살 수 있는 사회일 것이다. 소수자들에 대한 배려와 인정이 모두가 당당한 사회를 만들 것이다. 만국의 탈모인들이여, 모든 소수자들과 연대하라!

친절에 대한
과학적 고찰

한 사람이 있었다. 그는 큰 도시에서 작은 도시로 가던 중에 강도를 만났다. 그 사람이 가진 것이라고는 달랑 하나, 걸친 옷뿐이었다. 그 옷마저 탐난 강도는 옷을 요구했지만 가진 게 옷뿐인 사람은 거칠게 저항했다. 결과는 뻔했다. 옷은 빼앗겼고 거의 죽을 만큼 맞았다. 그는 내팽개쳐졌고 강도는 그 자리를 떴다.

길을 지나가던 성직자가 강도당한 사람을 봤다. 그러나 성직자는 그 남자를 도와주지 않고 멀리 피해서 지나갔다. 법률가도 강도당한 사람을 봤다. 역시 피했다. 여행 중이던

한 보통 사람이 강도당한 사람을 봤다. 그가 불쌍했다. 상처에 포도주와 기름을 붓고 붕대로 싸매고 자기가 타고 가던 나귀에 태워 주막에 데리고 가서 돌봐주었다.

성경의 누가복음에 나오는 '선한 사마리아 사람'의 비유이다. 성직자와 법률가 그리고 사마리아 사람의 차이는 무엇이었을까? 성직자와 법률가는 겉으로는 고고한 척하지만 실제로는 남을 돌볼 줄 모르는 이기적인 사람일까? 설마. 우리 주변에서 보는 성직자와 법률가는 그럴 리가 없어 보인다. 어려움을 당한 사람을 돕는 선한 마음은 어떻게 생기는 걸까? 1970년대 프린스턴 대학의 심리학자 존 달리와 대니얼 뱃슨은 다른 사람을 돕는 착한 마음의 전제 조건을 찾는 실험을 고안했다. 먼저 가설을 세웠다.

(1) '착한 마음이 생기려면 시간이 한가해야 한다.' 바쁜 사람들은 착할 틈이 없다는 것이다. 성직자와 법률가는 중요한 지위에 있는 사람들이다. 주로 바쁘다. 많은 회의와 약속으로 꽉 찬 일정표를 들고 모임에 늦을까 노심초사하며 바삐 가던 중이었을 것이다. 이에 반해 사마리아 사람은 여행 중이었으니 누군가를 도울 충분한 시간이 있었을 것이다.

(2) '착한 마음이 생기려면 머리가 한가해야 한다.' 윤리

와 종교 그리고 법처럼 고도의 집중력을 필요로 하는 주제에 몰두하고 있는 사람은 주로 곰곰이 따져야 할 문제에 봉착해 있다. 강도당한 사람을 만났을 때도 뭔가 골똘히 생각하고 있었을 것이다. 이에 반해 사마리아 사람은 세속적인 생각을 하고 있었을 테니 도와줄 마음이 생겼을 것이다.

(3) '일상생활에서 의미를 찾으려는 사람에게 착한 마음이 생긴다.' 독실한 신앙심이 있는 사람은 오직 믿음으로만 구원받는다고 여긴다. 그들에게 세상에서 일어나는 온갖 세속적인 일은 가치가 없다. 하지만 큰 생각 없이 일상생활에서 끊임없이 의미를 찾으려는 이들은 남을 도울 준비가 되어 있을 것이다.

심리학자들은 '성직자와 법률가 vs 사마리아 사람'의 특징을 세 가지 가설에 따라 두 가지 범주로 나누었다. 성직자와 법률가는 바쁘고, 머리가 복잡하며, 독실한 신앙심이 있는 데 반해 사마리아 사람은 시간과 머릿속이 한가하고 일상생활에서 의미를 찾으려 했다고 말이다.

가설을 세웠으면 다음 단계는 실험이다. 1970년 12월 14일 오전 10시, 심리학자들은 프린스턴 대학의 신학생들을 심리학과와 사회학과 건물 사이의 침침하고 지저분한 도로로 보냈다. 신학생들은 사회학과 건물에서 종교 교육과 신학자의 소명에 관한 조사에 참여하여 5분 정도의 인터뷰를 할 예정이었다. 신학생은 사회학과 건물 앞에서 남자를 만나게 된다. 헝클어진 머리를 하고 겨울 외투를 입고 두 손을 깊숙이 찔러 넣은 채 문에 기대어 있는 부랑자다. 신학생이 다가가면 부랑자는 두 번 기침한다. 신학생은 당연히 "괜찮아요?"라고 묻는다. 그러면 부랑자는 이렇게 대답한다. "아, 감사합니다. 콜록, 네, 괜찮습니다. 기관지가 안 좋아서요. 콜록, 의사가 준 약을 먹었어요. 가만히 몇 분만 앉아 있으면 괜찮아질 거예요. 가던 길을 가세요." 신학생은 어떤 행동을 할까?

실험은 사흘 동안 계속되었다. 심리학자들은 두 집단으로 나눠 실험을 했다. (1) 신학생들은 부랑자보다 조교를 먼저 만나게 되는데 조교는 한 집단의 신학생들에게는 "늦었으니 서둘러요. 선생님들이 기다리고 있어요"라고 말하고, 다른 집단의 신학생들에게는 "아직 시간이 넉넉해요"라고 말한다. (2) 인터뷰 주제도 달랐다. 한 집단에게는 '장래 희망 직업', 다른 집단에게는 '선한 사마리아 사람의 비유'가 인터뷰 주제라고 알려준다. (3) 신앙관은 설문지로 대신했다.

사흘 동안 47명을 대상으로 실험한 결과는 놀라웠다. 다른 사람을 도우려는 마음에 영향을 미친 유일한 조건은 '시간적 여유'였다. 다른 요소는 의미 있는 차이를 만들지 않았다. 심지어 인터뷰하는 동안 선한 사마리아 사람의 비유에 등장하는 성직자와 법률가의 비인간적인 행동에 대한 발표를 한 신학생마저 부랑자를 특별히 더 돕지는 않았다.

바쁘다는 게 선을 행하지 못하는 자신에 대한 핑계가 되어서는 안 될 것이다. 하지만 선한 사마리아 사람이 되려면 일단 넉넉한 시간이 있어야 한다는 것은 과학적인 심리 실험의 결과이다. 세상에 선한 영향력을 끼치고 싶으신가? 어떻게든 시간을 내셔야 한다. '워라밸' 또는 '주 52시간' 같은 새로운 단어들은 우리를 선한 사마리아 사람으로 만드는 키워드이다.

단풍이
가르쳐 주는 것

　　잔더 아주머니는 간호사로, 독일에 와서 독일 남자와 결혼했고 슬하에 자녀가 없었다. 그래서 한국의 조카를 양녀로 입양하여 독일에서 유학시켰고, 한국 유학생들을 자주 집으로 초대했다. 어느 날 한국에 다녀온 잔더 아주머니의 남편이 평소처럼 유학생들과 나를 초대해서 이런저런 자랑을 했다. 한국에서 뭐가 가장 좋았냐고 물었더니 "독일이나 한국이나 별로 다를 게 없어. 그런데 독일에서는 볼 수 없는 놀라운 걸 설악산에 가서 봤지. 바로 단풍이야!"

나는 겉으로는 동감하는 척했지만 속으로는 '헐~'이란 말을 삼켰다. 독일 단풍도 한국의 것과 똑같다. 문득 고등학교 때 좋아했던 시험 문제가 하나 떠올랐다. "다음 괄호에 들어갈 말은 뭘까? b-a-( )-카로틴."

고등학교 때 생물 과목을 좋아했다면 크산토필이라고 쉽게 답할 수 있다. 시금치를 으깨서 나온 초록색 물로 거름종이에 점을 찍고 종이 크로마토그래피 실험을 하면 4개의 점으로 분리된다. 각각의 정체는 색소다. 아래부터 엽록소 b-엽록소 a-크산토필-카로틴이다. 우리는 이 실험을 거름종이가 아니라 초록색 칠판 위에다 했다. 두 가지 엽록소는 흰 분필로 점을 찍었지만 크산토필과 카로틴은 각각 노란색과 분홍색 분필로 그렸다.

순서만 단순히 암기하면 풀 수 있는 문제다. 과학 학습 차원에서 보면 전혀 좋은 문제가 아니다. 그런데 이 문제를 반복해 출제하는 선생님에게는 분명한 의도가 있었다. 처음 가르치실 때 그 내용을 충분히 알려주셨다. 소재는 바로 단풍이다.

나무들도 계절을 안다. 해가 짧아지면 기온도 점점 낮아지고 곧 겨울이 닥친다는 걸 아는 것이다. 겨울을 나야 하니 세포 안에 영양분(당분)을 쌓고 수분 증발을 막기 위해 이파리를 떨군다. 단풍은 이파리를 떨구기 전에 일어나는 일이다.

초록색으로만 보이는 시금치에도 여러 가지 색소가 들어 있듯이 초록색 나뭇잎에도 여러 가지 색소가 있다. 하지만 이파리에 초록색인 엽록소가 워낙 많아 다른 색깔은 가려서 보이지 않을 뿐이다. 해가 짧아지고 기온이 떨어지면 식물 세포는 "아, 이제는 광합성은 어렵겠구나. 이제 겨울을 날 준비를 하자. 엽록소, 그동안 수고했어. 하지만 이젠 그만 사라져 줘야겠어."라면서 엽록소를 파괴한다. 물론 이 역할은 단백질 효소가 담당한다.

그러면 엽록소에 가려져 있던 노란빛의 크산토필과 붉은색의 카로틴이 드러난다. 은행나무는 크산토필이 압도적으로 많고 단풍나무는 카로틴이 훨씬 많은 경우다. 그렇다면 크산토필과 카로틴 같은 색소는 가을에 화려한 단풍으로 만산홍엽滿山紅葉의 계절을 연출하면서 사람의 마음을 들뜨게 하여 주말 고속도로를 꽉 막으려는 음모를 품고 그 무더운 여름을 버텼던 것일까?

그럴 리가 없다. 자연은 쓸데없는 일을 하지 않는다. 크산토필과 카로틴이 이파리에 있는 진짜 이유는 따로 있다. 크산토필과 카로틴은 엽록소가 흡수하지 못하는 약한 빛을 흡수해 그 에너지를 엽록소에 전달하는 역할을 한다. 우리가 알아주지 않을 뿐 그들은 꾸준히 일을 한다. 엽록소가 다 파괴된 단풍철에도 마찬가지다. 크산토필과 카로틴은 여전히 아주 적은 양의 광합성을 한다. 이들은 나무가 세포 속으로 들어가는 물이라도 아끼려는 심정으로 이파리를 떨구는 마지막 순간까지 애쓰는 것이다.

내 얘기가 아니다. 서울 영동 고등학교에서 생물을 가르치면서 b-a-크산토필-카로틴 문제를 반복해 내셨던 박찬홍 선생님의 말씀이다. "생물은 암기 과목이다. 특별히 이해하려고 하지 말라"고 선생님은 늘 말씀하셨지만 암기하고 나면 이해가 된다는 사실도 가르쳐주셨다. 선생님이 이파리의 색소를 통해 우리에게 하고 싶으셨던 말씀은 분명하다. 큰일 하는 사람과 작은 역할을 하는 사람 모두 중요하다. 하지만 우리는 작은 역할을 하는 사람은 그 존재마저 잊고 산다. 그리고 그들의 존재가 드러날 때도 엉뚱하게 기억하곤 한다.

TMT(투 머치 토커)인 내가 잔더 아주머니의 독일인 남편에게 크산토필과 카로틴 이야기를 하지 않았을 리 없다. 아저씨는 내가 떠들어도 눈을 감고 설악산의 단풍만 그리워했을 것이다. 감홍난자紅爛紫의 계절 가을이 오면, 우리 주변에서 드러나지 않게 애쓴 사람들을 찾아 감사할 때다.

✕

백두산을 위해서도
평화가 필요해

뜨거운 태양과 넓은 해변 그리고 훌라춤을 추는 아가씨… 어디일까? 바로 하와이이다. 하와이는 여덟 개의 화산섬으로 이루어진 열도다. 빅아일랜드는 그 가운데 가장 큰 섬이다. 빅아일랜드에서 가장 높은 마우나케아봉(4207미터)에는 세계 각국의 천문대가 모여 있다. 마우나케아를 다녀온 천문학자들은 천문대 돔과 별이 어우러진 멋진 사진을 자랑하곤 한다.

그런데 별과 구름 그리고 천문대 돔이 멋지게 어우러진 장면을 보기에는 사실 소백산이 더 좋다. 1박 2일이면 다녀

올 수 있고 고산병을 앓을 일도 없으니까. 하지만 하와이에는 소백산에 없는 게 한 가지 있다. 용암이다. 1983년에 킬라우에아 화산이 분출한 다음부터 하와이 빅아일랜드에서는 바다로 쏟아져 내리는 용암을 맨눈으로 볼 수 있다. 양도 어마어마하다. 2차선 도로를 30킬로미터나 덮을 수 있는 양이 하루에 분출된다. 덕분에 1994년 이후에 하와이에는 60만 평의 땅이 더 생겼을 정도다.

용암은 하와이 시민에게는 효자 관광 상품이 되었다. 하지만 뭐든지 과하면 안 되는 법. 관광객을 끌어오던 용암 때문에 결국 관광객이 끊기게 되었다. 2018년 5월 초에 규모 5.0의 지진이 발생한 후 흘러나오는 용암의 양이 너무 많아졌다. 5월 17일 저녁에는 화산이 폭발해서 9100미터에 달하는 거대한 가스 기둥이 형성되었다. 용암이 튀면서 공중으로 날아갔다. 수십 채의 집이 불타고 수천 명의 이재민이 발생했다.

사람들은 작은 걱정거리가 생기면 과거에 있었던 가장 안 좋은 기억을 떠올리는 버릇이 있다. 걱정이 생존에 도움이 되기 때문일 것이다. 킬라우에아 화산이 터지자 사람들은 1815년에 폭발한 인도네시아 탐보라 화산에 관해 이야기했다. 당시 4000미터에 달했던 산이 2370미터로 줄어들었다.

사라진 만큼 먼지가 되어 하늘을 덮었다. 이듬해인 1816년 유럽에는 여름이 없었다. 여름 내내 뜨거운 햇빛 대신 차가운 비가 내렸다. 수십만 명이 추위와 굶주림으로 죽었다.

우리나라도 걱정이 많다. 백두산은 지난 천 년 동안 30회 이상 크고 작은 폭발을 일으켜왔다. 946년과 947년에는 대폭발을 일으켰다. 하지만 이 백두산 대폭발 때문에 발해가 멸망했다는 말은 사실이 아니다. 발해는 926년에 이미 망했다. 화산재가 편서풍을 타고 태평양으로 날아갔다. 그 흔적이 일본 지층에 그대로 남아 있다.

관광 지원이던 용암도 양이 많아지니 걱정거리가 된다. 걱정은 생존을 위해 장착한 무기이지만 너무 많아지면 오히려 고통의 원인이 된다. 북한이 핵실험을 할 때마다 백두산이 또 대폭발을 하지 않을까 걱정하는 분들이 있다. 백두산 아래에 있는 마그마 방이 흔들리면 백두산 용암이 분출할 수도 있다. 하지만 그러려면 규모 7 이상의 지진이 있어야 한다. 핵실험으로는 멀리까지 전달되는 큰 규모의 지진은 발생하지 않는다. 한반도에 평화가 찾아오면 백두산 폭발을 걱정하는 사람들도 줄어들 것이다. 백두산을 위해서도 평화가 필요하다.

끈질긴 바퀴벌레

모스크바 시내를 떠돌던 개 한 마리가 모스크바 항공 의학 연구소 직원의 눈에 띄었다. 개 치고는 침착했고 똑똑했다. 그 유기견은 곧 우주견으로 선발되었고 라이카라고 불렸다. 라이카는 1957년 스푸트니크 2호에 실려 지구 궤도에 진입했다. 우주로 간 최초의 생명체가 된 것이다. 라이카는 귀환하지 못하고 죽었지만 지구 생명체가 지구 궤도에 진입하는 과정과 무중력 상태를 견뎌낼 수 있다는 귀중한 사실을 알려주었다. 이 데이터를 토대로 1961년에는 유리 가가린이 보스토크 1호를 타고 인류 최초로 우주 비행에 성공하게 된다. 우리는 라이카와 유리 가가린이라는 이름을 1969년 달에 첫 발을 디딘 닐 암스트롱만큼이나 잘 기억한다.

2007년 나데즈다(러시아어로 '희망'이란 뜻)라는 이름의 곤충이 우주선을 탔다. 그러고는 33마리의 새끼를 낳았다. 우주 공간에서 지구 생명체가 처음으로 탄생한 것이다. 우주라는 낯선 공간에서 태어난 33마리의 새끼들도 지구로 돌아온 뒤 정상적으로 새끼를 낳았다. 인류가 우주에서 번식할 수 있고, 우주에서 태어난 인간도 지구에서 정상적으로 살 수 있다는 것을 알려준 귀한 실험이다. 하지만 니데즈디란 이름을 듣거나 기억하는 사람은 거의 없다. 왜일까? 나데즈다가 바퀴벌레였기 때문일 것이다. 아마도 나데즈다가 장수풍뎅이나 귀뚜라미만 되었어도 이런 푸대접을 받지는 않았을 거다.

사람들은 바퀴벌레를 극도로 혐오한다. 봉준호 감독의 영화 〈설국열차〉에서 부당한 대우에도 그럭저럭 순응하던 최하층인 꼬리 칸 사람들이 분노하여 반란을 일으킨 것은 자신들의 식량인 양갱 형태의 단백질 블록을 바퀴벌레로 만든다는 사실을 알고 나서다. 바퀴벌레는 반란의 이유가 될 만큼 사람들이 싫어하는 곤충이다.

하지만 난 바퀴벌레를 싫어하지만은 않는다. 그 사연은 길다. 1977년 내가 중학교 2학년 때의 일이다. 아직도 기억이 생생하다. 2학기가 시작되고 제1회 MBC 대학가요제에서 〈나 어떡해〉란 노래가 대상을 받은 직후였다. 그룹 과외에서 초록색 비닐 표지의 『성문기초영문법』으로 영어를 배우고 있는데, 단수 보통명사 앞에 정관사를 붙이면 추상명사가 된다는 문법을 설명하는 예문으로 "The pen is mightier than the sword"란 엉터리(?) 문장이 나왔다. 풉! 어떻게 펜이 칼보다 강할 수 있단 말인가! 난 선생님에게 문장이 잘못된 것 아니냐고 물었다.

서울대 공대에 다닌다는 이유만으로 이미 내 우상이었던 장발의 선생님은 당황했는지 더듬거리며 조심스럽게 이야기했다. 동아일보 백지 광고 사건* 이야기, 그 이후 기자들이 해직**된 이야기, 해직 기자 가운데는 얼마 전에 과외를 그만둔 말썽쟁이의 아버지도 있다는 이야기가 이어졌다. 펜이 칼보다 강하기 때문에 언젠가는 박정희 대통령과 유신체제도 꺾이고 말 것이라며 이야기를 마무리했다.

* 1974년 10월 동아일보 기자들이 자유언론실천선언을 하자, 유신 정권은 동아일보 광고주들에게 광고를 싣지 못하게 압력을 넣었다. 결국 광고면이 백지 상태인 채로 발행되었다.
** 동아일보 사측은 광고를 싣지 못해 적자가 계속되자 기자와 사원 130여 명을 무더기로 해고해버렸다.

난 그날 얼마나 후회했는지 모른다. 평생 질문 한번 안 하던 놈이 괜한 질문을 해서 내 영웅 박정희 대통령께서 욕을 먹게 하다니! 나만 분노한 것은 아닌 것 같다. 다른 아이의 부모가 항의를 했는지 선생님은 곧 그만두시게 되었다. 선생님은 마지막 시간에 말씀하셨다. "칼보다는 펜이 세고, 펜보다는 노래가 세다." 그리고 기타를 치며 당시 TV에 자주 나오던 경쾌한 멕시코 민요를 불렀다.

  병정들이 전진한다 이 마을 저 마을 지나
  소꿉놀이 어린이들 뛰어와서 쳐다보며
  싱글벙글 웃는 얼굴 병정들도 싱글벙글
  빨래터의 아낙네도 우물가의 처녀도
  라쿠카라차 라쿠카라차 아름다운 그 얼굴
  라쿠카라차 라쿠카라차 희한하다 그 모습
  라쿠카라차 라쿠카라차 달이 떠올라 오면
  라쿠카라차 라쿠카라차 그립다 그 얼굴

  대학에 들어가고 유신 헌법과 통일 주체 국민 회의가 얼마나 잘못된 체제였는지를 알게 된 무렵에야 서울대 공대생 선생님이 마지막으로 불러주었던 노래에 나오는 라쿠카라차가 '바퀴벌레'라는 뜻이며, 경쾌한 멜로디와 달리 슬프고 비장한 노래라는 사실을 알았다. 1910년부터 1920년까지 진행된 멕시코 혁명※ 당시 농민군은 〈라쿠카라차〉를 혁명가로 불렀다. 아마도 멕시코 전통 의상인 판초를 입고 모자 솜브레를 쓰고 줄지어 가는 농민군의 모습이 마치 무리 지어 가는 바퀴벌레처럼 보였기 때문일 것이다. 그리고 멕시코 민중들은 보잘것없지만 끈질긴 생명력을 지닌 바퀴벌레와 자신들을 동일시했을 것이다. 이 노래에는 멕시코 민중이 혁명 과정에 겪은 피맺힌 역사가 담겨 있다.

나는 아예 라쿠카라차를 바퀴벌레로 바꾸어 입에 달고 살았다. "바퀴벌레 바퀴벌레 아름다운 그 얼굴"이란 후렴구를 통해 노래가 가진 힘이 얼마나 센지 경험했다.

※ 34년간 독재를 해온 포르피리오 디아스 대통령이 부정선거로 재선되자 다양한 세력들이 전국에서 봉기를 일으켜 시작된 혁명.

일본
돌고래의 날

9월이 시작되자마자 대학살이 또 시작되었다. 어제오늘의 일이 아니다. 수십 년 전부터 계속되어온 일이다. 그렇다고 해서 별다른 감흥이 없어서는 안 된다. "이젠 그런 짓 좀 그만두는 게 어때"라고 점잖게 말할 수 있는 단계가 아니다. 우리는 강하게 큰 목소리로 '규탄'해야 한다.

9월 1일 일본 서부의 작은 마을 다이지에서 열두 척의 배가 항구를 떠났다. 왜 하필 열두 척이냐? 열두 척의 의미가 뭔지 알고 떠난 것은 아닐 것이다. 열두 척의 배는 한 마리도 잡지 못한 채 돌아왔다고 주장했다. 서툰 거짓말이다. 다이지 마을의 돌고래 사냥을 감시하는 '돌핀 프로젝트'는 다섯 마리의 큰코돌고래가 죽었다고 발표했다.

앞으로 6개월 동안 대학살이 일어날 것이다. 매년 다이지 마을의 어부들은 9월 1일부터 무려 6개월 동안 대규모 포경을 한다. 우리는 '포경'이라고 하면 어떤 낭만과 매력을 느낀다. 조각배에 옮겨 타서 거대한 고래에게 작살을 던지는 장면 말이다. 작은 인간이 거대한 바다 짐승에 도전하는 모습을 그린다. 아마 『모비 딕』의 영향일 테다. 그렇지만 현대의 세계 시민은 이런 낭만적이고 목숨을 건 포경마저 금하고 있다.

그런데 다이지 마을의 포경은 이런 게 아니다. 그들은 배를 타고 날카로운 소리를 내면서 돌고래를 작은 만으로 몰아넣는다. 그리고 날카로운 작살을 숨구멍 바로 아래에 꽂아넣는다. 여기가 급소다. 그러고는 얼른 그 구멍을 코르크 마개로 막는다. 선홍빛 피가 바다를 가득 메우는 장면이 전 세계에 퍼져나가는 게 두렵기 때문이다. 돌고래는 30분 이상 숨 막히는 고통을 당하다가 숨진다. 다이지 마을의 어부들이 잡는 고래는 매년 1,700~2,000마리. 때로는 열흘 정도 돌고래들을 아무것도 먹지 못하게 굶긴다. 그리고 새끼를 사로잡아서 돌고래 쇼용으로 수족관에 판매한다.

1986년 국제포경위원회IWC가 상업 포경을 금지하자 일본은 '연구 목적'의 포경을 했다. 매년 수백 마리를 '연구'라는 명목으로 잡았다. 최소한의 염치였다. 물론 세계는 다 알았다. 그 연구라는 게 결국 먹는 일이라는 것을 말이다. 그런데 그 염치마저 사라지고 말았다. 2019년 6월 말 일본은 IWC를 공식 탈퇴했다. 이제 당당하게 고래를 잡아서 먹겠다고 선언한 것이다.

유럽 연합의 수족관들은 2003년 이후 야생에서 포획된 고래류는 수입하지 않는다. 와! 유럽 연합은 역시 다르구나! 천만에! 수족관에서 태어난 고래만으로 개체수가 유지되기 때문이다. 도대체 그 고래들의 수가 얼마나 많기에 이런 일이 가능한 것인가?

다이지 어민들에게 사로잡힌 돌고래는 어디로 갈까? 열 마리 가운데 여섯 마리는 중국으로 간다. 한때 우리나라는 다이지 돌고래 제2위 수입국이었다. 2010년부터 2017년까지 무려 마흔네 마리를 수입했다.

하지만 우리나라가 어떤 나라인가? 시민의 힘으로 세상을 바꾼 나라다. 민주주의 선진국이다. 시민들이 나섰다. 핫핑크돌핀스 같은 동물권 단체들이 발 벗고 나섰다. 관심 없는 시민들에게 열심히 홍보했고, 법 집행을 담당하는 공무원을 설득했다. 무엇보다도 돌고래 수입으로 한몫 챙기던 업체들을 단념시켰다. 시민 운동가들은 유명 로펌 변호사들을 논리로 싸워 이겼다. 마침내 법이 만들어졌다.

2018년부터 잔인한 방법으로 포획된 동물은 우리나라에 들여오지 못한다. 작살과 덫으로 잡은 동물, 시각과 청각을 자극해서 잡은 동물, 떼몰이를 해서 잡은 동물은 수입하지 못한다. 세 가지 규정 모두 다이지 마을 돌고래 사냥에 초점을 맞춘 것이다. 다이지 마을의 돌고래 사냥은 가장 잔인한 방식 세 가지를 다 사용하고 있다.

한국의 활동가들은 법을 만들었다. 하지만 여전히 돌고래 쇼는 계속되고 있다. 수족관에서 돌고래 쇼가 계속되는 한 일본 다이지 마을의 잔혹한 돌고래 사냥은 계속될 것이다. 비극을 끝내는 가장 간단한 방법이 있다. 돌고래 쇼를 보지 않는 것이다.

그리고 기억하자. 매년 9월 1일은 '일본 돌고래의 날'이다. 이날 우리는 맘껏 일본을 규탄해야 한다. 원래 욕은 나쁜 것이지만 해야 할 때는 최대한 세게 해야 한다. 괜히 자신이 다 부끄럽고 미안해질 정도로 일본 정부와 어민을 욕해야 한다. 그래야 일본의 시민이 나선다.

사이다 발언

내가 어렸을 때는 잘사는 집과 못사는 집을 구분하기 어려웠다. 어차피 모두 가난했기 때문이다. 아무리 잘사는 집이라고 해도 전기밥솥이 없었으니 말이다. 그래도 아이들이 서로의 형편을 눈치채는 날이 있었으니 바로 소풍날이다. 소풍날 사이다를 싸오는 아이는 그나마 조금 사는 집 아이였다. 정식으로 판매되는 칠성사이다보다는 소풍 때만 등장하던 소주병 사이다가 훨씬 많기는 했다. 배낭 속에서 이리저리 흔들린 사이다 병을 조심스럽게 따면 거품이 올라온다. 당연히 사이다 병의 주인이 입을 대고 거품을 마신다. 그다음에는 친한 순서대로 한 모금씩 돌려 마시는 게 순서다. 그 달콤한 짜릿함이란, 엄마가 싸준 김밥 모두와 바꾸어도 아깝지 않은 맛이었다.

사이다란 칠성사이다처럼 초록색 병에 들어 있는 무색투명한 탄산음료를 말하는 '우리말'이다. 즉, 다른 나라에서는 통하는 말이 아니라는 뜻이다. 서양에 가서 사이다를 달라고 하면 사과 주스나 따뜻한 사과 차를 준다. 사이다를 마시고 싶으면 세븐업이나 스프라이트 같은 상표를 말하든지 레모네이드라고 말해야 한다.

레모네이드는 레몬-라임에서 왔다. 여기서 라임lime은 석회石灰를 말한다. 화학자들이 말하는 탄산 칼슘이 바로 그것으로 이는 염기성 물질이다. 레몬은 신맛이 난다. 산성이라는 뜻이다. 산성 물질과 염기성 물질이 만나면 중성의 물이 되고 탄산이 남는다. 사이다의 톡 쏘는 맛의 정체가 바로 이 탄산이다. 탄산이란 물에 녹은 이산화탄소다.

우리 몸의 센서는 산소와 이산화탄소의 농도를 감지한다. 그래서인지 탄산은 스트레스를 풀어주는 기능이 있다. 그리고 물에 녹은 탄산이 입 안에서 터질 때 혀와 입천장은 희열을 느낀다. 샴페인과 맥주에서도 우리는 같은 재미를 느낀다. 그것을 우리는 '시원하다'라고 한다. 탄산이 들어 있는 음료는 차게 해서 마신다. 그래야 탄산이 물에 더 많이 녹아 있기 때문이다.

그런데 술자리에서 보면 술을 마시지 않는 사람들이 흔히 사이다를 택하곤 한다. 사이다에는 탄산 외에도 중요한 요소가 있는 걸까? 그것이 뭘까. 혹시 향 때문일까. 우리의 감각은 확고하지 못하다. 식품 전문가 최낙언 박사에 따르면 눈을 가린 사람에게 똑같은 사이다를 두 잔 주면서 어느 쪽이 사이다 같냐고 물어보면 하나는 사이다, 다른 하나는 콜라라고 말한다고 한다. 술자리에서 사이다를 많이 선택하는 이유는 아마도 소주처럼 투명한 색깔이기 때문일 것이다.

후텁지근한 날에는 사이다를 많이 찾게 된다. 탄산이 식도를 자극하여 순간적으로 갈증을 잊게 해주기 때문이다. 그런데 사이다에는 설탕이 많이 들어 있다. 탄산음료 한 캔에는 보통 20~30그램의 설탕이 들어 있다. 각설탕 한 개가 3그램 정도이니 각설탕 10개가 들어 있다고 생각하면 된다. 아메리카노 커피 한 잔에 각설탕 열 개를 넣어서 마실 수 있는 사람은 없지만 사이다는 다들 잘 마신다. 아이들이 사이다를 좋아하는 가장 큰 이유도 바로 이 설탕 때문이다.

정치가들도 사이다 발언을 쏟아낸다. 그 발언에 시민들은 시원함을 느낀다. 그러나 그다음에는 더 톡 쏘는 사이다가 필요하다. 매일 더 강한 탄산수와 더 진한 설탕물이 필요한 것이다.

사이다를 많이 마셔도 갈증이 해소되지는 않는다. 사이다나 커피를 마신 후 조금만 있으면 금방 소변이 마렵다. 사이다를 마시면서 보충한 수분보다 소변으로 배출되는 수분이 더 많아진다. 그 결과 혈액의 점성이 높아진다. 사이다를 마시면 당장은 시원한 것 같지만 갈증이 더 심해져서 결국 물을 따로 마셔야 한다. 시민들이 사이다 발언을 쏟아놓으면서 시원함을 느낀다고 해서 정치가들마저 사이다 발언을 쏟아내면 어떻게 될까. 우리는 더욱더 목마를 수밖에 없다. 시민들의 발언과 정치가들의 발언이 달라야 하는 이유다. 새 시대의 정치가는 사이다 발언을 쏟아내는 리더여서는 안 된다. 시민의 갈증을 근본적으로 해소해주는 팔로어여야 한다.

✕

택배 상자
구멍 손잡이

　　　　　　　동네 마트와 대형 마트의 가장
큰 차이는 무엇일까? 결제 액수다. 동네 마트에 비해 대형 마
트에서의 결제 액수는 엄청나게 커진다. 대형 마트를 방문하
는 소비자의 자세가 발현되기 때문이다. 대형 마트에 가면
(마치 무슨 법에 명시되어 있다는 듯이) 일단 많이 사게 된다. 또 (갑
자기 계시를 받은 것처럼) 예정하지 않았던 물건도 사게 된다.

　문제는 집에 가지고 가는 것이다. 그 많은 물건을 어떻게
가지고 갈까? 요즘은 사라졌지만 얼마 전까지만 해도 박스와
끈, 테이프를 포장대에 쌓아놓았다. 알아서 포장해 가라는

것이다. 이때 어떤 박스를 고르셨는가? 나는 본능적으로 외제 물건 상자를 골랐다. 내가 외제 물건에 환장해서 박스마저 외제를 고르는 게 아니다. 외제 물건 상자 중에는 구멍 손잡이가 뚫려 있는 게 많고, 구멍 손잡이가 있는 상자가 들기 편하기 때문이다. 무슨 물리적인 계산을 해서 아는 게 아니다. 특별한 경험이 필요한 것도 아니다. 그냥 본능적으로 아는 일이다.

친구 안진걸 민생 경제 연구 소장이 어느 날부터인가 '택배 상자에 구멍 손잡이를 뚫어 달라'는 1인 시위를 한다는 소식을 전해 들었다. '아니, 이게 뭐 시위를 할 일이야?'란 생각과 함께 '어라, 그러고 보니 우리 집에 오는 그 많은 택배 상자에는 구멍 손잡이가 없네…'란 반성이 들었다. 집에서 받는 택배는 보통 책이나 옷가지처럼 가벼운 것들이지만 때로는 20킬로그램짜리 쌀이 오기도 한다.

무거운 상자는 어떻게 나를까? 상자를 양손으로 받쳐서 든다. 장갑을 끼고 있으면 손이 미끄러워 떨어트리기도 한다. 어쩌다 한번 운반하는 사람이라면 그러려니 할 수 있다. 그런데 마트 노동자와 택배 노동자는 상황이 다르다.

마트 노동자의 대부분은 40~50대 여성이다. 이들은 평균 10.8킬로그램의 상자를 하루 평균 403회 들고 내린다. 이들

가운데 70퍼센트가 지난 1년 동안 근골격계 질환으로 병원 진료를 받았다. 택배 노동자의 상황은 더 심각하다. 2020년 열악한 작업환경으로 인해 사망한 택배 노동자만 15명이다.

아무리 본능적으로 아는 일이라도 뭔가를 요구하려면 숫자가 들어 있는 근거를 대야 한다. 그래야 상대방이 말을 들어주는 척이라도 한다. '들기지수'라는 게 있다. 들어야 하는 물건 무게를 권장 무게 한계로 나눈 값이다. 들기지수가 1보다 작아야 허리에 무리가 없다. 상자에 구멍 손잡이를 뚫어주면 들기지수가 1.24에서 1.12로 줄어든다. 10퍼센트 가까이 줄어드는 것이다. 구멍 손잡이가 있으면 물건을 드는 자세도 교정된다. 결국 허리에 미치는 영향은 40퍼센트 가까이 줄어든다.

그런데 여태 왜 상자에 손잡이 구멍을 뚫지 않았을까? 소비자 핑계를 댔다. 손잡이 구멍으로 이물질이 들어가거나 물건의 정체가 드러날 걸 소비자들이 걱정한다는 것이다. 그 사이로 먼지가 들어가봐야 얼마나 들어가겠는가? 또 상자 안의 물건은 몇 겹으로 포장되어 있으니 딱히 드러날 일도 없다.

진짜 이유는 따로 있다. 돈이 문제다. 그깟 구멍 하나 뚫는 데도 돈이 든다. 구멍을 뚫기 위한 목형을 만드는 데 10만

~15만 원이 든다. 단지 구멍만 뚫는 게 아니라 구멍을 뚫는 만큼 약해진 내구성을 더 강화해야 한다. 택배 상자에 구멍 하나 뚫는 데 220원이 든다. 그 많은 택배 상자를 생각하면 적은 액수는 아니다. 하지만 소비자인 내가 감당할 수 있는 액수란 생각이 들지 않는가?

2020년 11월 23일부터 우체국에서는 구멍 손잡이가 뚫려 있는 택배 상자를 판매하기 시작했다. 의미 있는 첫걸음이다. 부디 모든 무거운 택배 상자에 구멍이 뚫리는 계기가 되기를 바란다. 어떤 신문은 택배 노동자들을 위해 장관이 나서서 기껏 한 일이 고작 구멍 손잡이 뚫는 것이냐는 기사를 실었다. 일머리 없는 사람들의 전형적인 반응이다. "네가 한번 뚫어봐라!"

사람의 체온을 1도 높이는 데 필요한 에너지면 그 사람을 430m 들어 올릴 수 있다. 사람의 몸을 데우는 게 그만큼 어려운 일이다. 체온을 1도 높이면 큰일 난다. 하지만 마음의 온도는 높여야 한다. 체온을 올리는 것보다 더 큰 에너지, 노력, 시간이 필요한 일이다. 택배 상자 구멍 손잡이 만세!

그들이 그만
달려도 되는 이유

　　　　　　　　　　　　　　"너무 감정이입 하지 마세요."
여인이 이야기를 시작하면서 가장 먼저 한 말이다. 다짐했
다. 절대로 눈물 따위는 글썽이지 않겠노라고. 지금까지 신
문과 방송, 그리고 책을 통해 여러 번 접한 이야기이니 담담
히 듣고 여인의 이야기가 끝나면 격려해주겠노라고 말이다.
　　여인은 아주 명랑했다. 스물한 살 때 교통사고를 당해 전
신 55퍼센트에 3도 화상을 입고 엄지손가락을 제외한 모든
손가락을 잃은 이야기, 더 이상 가져다 쓸 피부 조직이 없을
정도로 피부 이식 수술을 받은 이야기, 피부와 혈관, 근육 조

직까지 함께 이식하는 목 수술을 받고서야 비로소 고개를 들수 있었던 이야기를 담담히 풀어냈다. 여인이 웃을 때마다 같이 웃어줬다. 하지만 입은 억지로 웃어도 눈이 촉촉해지는 것은 막을 수 없었다.

여인이 그 몸으로 미국에 유학 가서 사회복지학 박사학위를 받고 한국에 돌아와 한동대 교수가 되었다는 이후의 이야기는 오히려 평범하게 들렸다. 그렇다. 여인은 《지선아 사랑해》의 주인공 이지선 씨다.

정작 놀란 일은 따로 있었다. 그녀는 마라토너다. 그것도 국제 마라톤 대회에서 두 차례나 풀코스를 달린 마라토너다. 2009년 11월 1일 오전 10시 30분, 뉴욕 시티 마라톤 대회 출발선에 선 이지선 씨는 말했다. "걸어서라도 결승선에 돌아오겠다." 많은 사람들이 박수를 치고 격려했다. 하지만 비장애인이 그냥 걷기만 해도 힘든 42.195킬로미터를 그녀가 끝까지 완주하리라고 기대하는 사람은 없었다. 출발점에서 멋진 사진만 찍으면 족했다. 하지만 스태튼 아일랜드를 떠난지 7시간 22분 만에 이지선 씨는 맨해튼의 결승점을 통과했다. 생애 첫 마라톤 도전에 완주한 것이다.

그녀는 마라톤을 한 번으로 끝내지 못했다. 이듬해인 2010년 3월 서울 국제 마라톤 대회에 참가했다. 이번에는

6시간 45분 만에 완주했다. 기록만 보면 별것 아닐 수 있다. 하지만 이것을 알아야 한다. 그녀의 이식한 피부에서는 땀이 나지 않는다. 체온조절이 어렵다는 얘기다. 그녀는 수없이 그만두고 싶었을 것이다.

"어디서 그만둬야 할지 몰라서 계속 달렸다"는 그녀의 말이 가슴을 울렸다. 아무도 그녀에게 달리라는 사람은 없었다. 계속 달리라고 격려하는 사람도 없었다. 그런데도 그녀는 달렸다. 왜 그랬을까?

션은 가수다. 많은 사람들이 지누션의 노래 〈말해줘〉를 사랑한다. 하지만 (가수의 입장에서는 섭섭하게 들리겠지만) 사람들이 정작 그를 정말로 사랑하는 이유는 따로 있다. 사람들은 그의 화목한 가정과 선행을 좋아한다. 그는 흔히 '기부천사'로 불린다. 세상에 천사라는데 싫어할 사람이 어디에 있겠는가.

그런데 나는 그가 마라토너라는 사실을 알게 되었다. 그가 4,219만 5,000원을 기부했다는 소식을 접한 것이다. 약간의 센스가 있다면 액수를 보고 '아, 가수 션이 마라톤을 했구나'라고 짐작할 수 있을 것이다. 션은 2017 서울국제마라톤대회에서 42,195킬로미터를 달리면서 1미터당 1,000원을 기부했다.

언뜻 사진으로 봐도 션의 몸매는 완벽하다. 운동으로 다져진 몸이다. 하지만 마라톤 완주는 처음이라고 한다. 어떤 심정이었을까? 고통에 몇 번이나 그만두고 싶었을 것이다. 완주하는 대신 하프 마라톤이라고 생각하고 1미터당 1,000원이 아니라 2,000원을 기부해도 됐을 것이다. 그런데 그는 끝까지 달렸다. 왜 그랬을까?

"왼손이 하는 선행을 오른손이 모르게 하라"고 한다. 이것은 혼자 할 수 있는 선행을 할 때 통하는 말이다. 옳은 일이지만 혼자서 할 수 없을 때는 왼손이 하는 일을 오른손뿐만 아니라 사해동포에게 다 알려야 한다.

이지선 씨가 달리고 션이 달리는 이유는 한 가지다. 아픈 아이들을 위해서다. 우리 사회에는 재활과 사회 복귀를 위해 치료를 받아야 하는 30만 명의 아이들이 있다. 장애 어린이들을 위한 재활 병원은 놀랍게도 전국에 딱 한 군데. 2016년에 설립된 푸르메재단 넥슨 어린이 재활 병원이 바로 그곳이다. 두 사람은 푸르메재단의 홍보대사다.

푸르메재단 넥슨 어린이 재활 병원은 설립한 해에 3만 6,000명이 진료를 받았다. 환자의 40퍼센트는 수도권 이외의 지역에서 왔다. 아이들의 재활 치료를 위해 가족이 서울의 병원 근처로 이사를 오기도 한다. 지금 입원하려고 기다리는 아이가 780명. 입원하려면 평균 1년을 기다려야 한다.

어린이 재활 병원은 나라가 지어서 운영해야 마땅하다. 그런데 없다. 이것뿐이다. 넥슨 어린이 재활 병원은 1만 명의 시민과 500여 기업, 마포구와 서울시가 힘을 모아 지었다. 그런데 매년 30억 원 정도의 적자가 난다고 한다.

어떻게 해야 할까? 이젠 중앙 정부도 나서야 한다. 아마 법적 근거와 전례가 없다는 핑계를 댈 것이다. 그렇다면 법과 전례를 만들어야 한다. 설마 그게 션과 이지선 씨가 달리는 것보다야 어렵겠는가. 두 분에게 "이젠 그만 달리셔도 돼요"라고 말할 수 있는 사회여야 제대로 된 나라다.

✕

눈물 어린
무지개 계절에

"목련 꽃 그늘 아래서 베르테르
의 편질 읽노라. 구름 꽃 피는 언덕에서 피리를 부노라."

고등학교 시절 봄에 줄기차게 불렀던 가곡 〈사월의 노래〉
다. 1970년대에 고등학교에 다녔던 남학생의 감성이 그렇게
뛰어났을 리는 없고, 음악 선생님이 중간고사 대신 노래로
성적을 매기기로 했기 때문이다. 마침 우리 학교에는 목련
꽃이 잔뜩 피어 있는 작은 정원도 있었기에 잘 부르는 친구
노래를 들으면 '도대체 베르테르가 누군데 우리에겐 편지를

안 보내는 거야?'란 생각이 들기도 했다. 어느덧 동급생들은 정말로 목련을 사랑하게 되었다.

그런데 목련이 지고 나자 애정이 급격히 식었다. 꽃이 피어 있을 때는 희고 풍성한 커다란 꽃잎이 아름다웠는데, 꽃이 지고 나니 무슨 곰팡이가 핀 식빵처럼 추적추적해져서 보기에 안 좋았다. 지금도 떨어진 목련 꽃잎은 밟기도 싫다. 그런데 여기에는 다 이유가 있다.

목련을 처음 목격한 생명체는 공룡이다. 공룡이 살았던 중생대는 크게 트라이아스기-쥐라기-백악기로 나뉜다. 뒤쪽으로 갈수록 공룡이 커지고 다양해진다. 영화 〈쥬라기 공원〉에 나오는 공룡들은 대부분 백악기 시대의 공룡이다. 쥐라기에 살았던 알로사우루스, 스테고사우루스, 브라키오사우루스는 목련을 구경도 하지 못했다. 이때는 목련뿐만 아니라 꽃이 피는 식물이 거의 없었기 때문이다. 꽃식물은 중생대의 마지막 시기인 백악기에 본격적으로 등장한다. 목련도 이때 등장했다. 그러니까 티라노사우루스, 트리케라톱스, 벨로키랍토르 그리고 서울대학교 이성진 연구원이 이융남 교수와 함께 2019년 2월 발표한 고비랍토르는 목련을 보았을 것이다.

목련은 가장 원시적인 형태의 꽃이다. 심지어 꿀샘이 없다. 왜냐하면 아직 벌과 나비가 없던 시절인 공룡시대에 등장한 꽃이기 때문이다. 꽃이 꿀을 만드는 데는 많은 에너지가 든다. 목련은 수분을 도와주는 벌과 나비에게 보상으로 줄 꿀을 만들 필요가 없었다. 대신 꽃가루를 먹는 딱정벌레를 유인해야 했고 그러기 위해서는 커다란 꽃과 진한 향기가 필요했다.

"아아 멀리 떠나와 이름 없는 항구에서 배를 타노라."

편지를 읽는 사람이 배를 탄 것인가, 아니면 편지를 보낸 사람이 배를 탄 것인가. 알 도리가 없었다. 음악 선생님은 가사에 대해서는 아무런 설명을 해주지 않으셨다. 교정 곳곳에서 국어 선생님의 표현에 따르면 "돼지 멱따는 소리"로 박목월 시인이 작사한 〈사월의 노래〉를 부르던 우리는 결국 괴테를 찾게 되었다. 노래에 등장하는 베르테르가 독일 문학가 괴테가 쓴 『젊은 베르테르의 슬픔』에서 왔다고 국어 선생님이 말씀하셨기 때문이다. 소설 속 젊은 베르테르는 이미 약혼자가 있는 샤를로테를 잊기 위해 먼 여행을 떠난다.

"돌아온 사월은 생명의 등불을 밝혀 든다. 빛나는 꿈의 계

절아. 눈물 어린 무지개 계절아."

〈사월의 노래〉는 이렇게 끝난다. 우리는 사월이 빛나는 꿈의 계절인 것은 알겠는데, 왜 눈물 어린 무지개 계절인지는 알지 못했다. 베르테르가 고향에 돌아왔을 때 샤를로테는 이미 결혼한 상태였다. 완전히 실연당한 것이다. 샤를로테가 빌려준 권총으로 베르테르는 자살을 한다. 그리고 보리수나무 아래에 묻힌다. 아마 괴테 역시 소설을 쓸 무렵 실연을 당했을 것이다. 그렇지 않고는 이렇게 글이 생생할 수가 없다. 책을 읽는 우리도 베르테르와 한 몸과 한 마음이 되었다.

하지만 오래가지 않았다. 베르테르가 샤를로테에게 실연을 당했든, 슬픔을 이기지 못하고 자살을 했든, 잠시나마 스스로 베르테르로 살았든 상관없었다. 혈기왕성한 고등학생들은 베르테르의 슬픔을 금세 잊었다. 4월은 여전히 빛나는 꿈의 계절이었다. 고등학교를 졸업하고 대학에 가고 결혼을 하고 직장을 얻고 내 아이가 태어난 다음에도 4월은 언제나 빛나는 꿈의 계절이었다.

하지만 우리는 도둑을 맞은 것처럼 빛나는 꿈의 계절인 4월을 잃었다. 새순이 돋고 봄꽃이 만발해도 4월은 슬픔을 벗어나지 못하는 계절이 되었다. 어떻게 보면 그야말로 하나의 사건일 수 있었다. 한번 진하게 슬퍼하고 반성하고 안전대책을 세우면 그만 잊을 수 있는 일이었다. 그런데 아직도 원인을 모른다. 〈사월의 노래〉를 신나게 불렀을 그 아이들이 왜 가만히 있어야 했는지, 왜 바로 옆까지 간 해양 경찰은 아이들을 구하지 않았는지, 왜 사고 원인은 여전히 밝혀지지 않는지, 유가족은 왜 감시를 당하고 고통을 받았는지 우리는 모른다.

벌써 10년이 넘었다. 이제는 잊어야 한다. 그런데 우리는 망각할 자유와 권리를 빼앗겼다. 모르니 잊을 수 없다. 당시 권력자들은 물러났다. 그런데도 원인을 밝혀내지 못했다는 것은 도무지 이해할 수 없는 일이다. 우리는 여전히 목련꽃 그늘 아래서 긴 사연의 편지를 쓰고 있다.

'연탄재 함부로 발로 차지 마라. 너는 누구에게 한 번이라도 뜨거운 사람이었느냐?'는 시구에 기대 스스로 묻는다. "떨어진 목련꽃이 추적추적해 보인다고 욕하지 마라. 너는 공룡에게 향기를 뿜어봤느냐?" 눈물 어린 무지개 계절이다.

3장
지혜로워지기

골드버그 장치와
긴즈버그 대법관

1940년부터 조선인들은 일본 식 성씨와 이름을 써야만 했다. 이것을 창씨개명이라고 한 다. 우리 민족의 수치였다. 창씨개명은 나쁜 짓이다. 그런데 이런 나쁜 짓을 일본만 생각해낸 게 아니다. 1787년 오스트 리아-헝가리 법은 유대인들에게 독일식 성을 갖도록 강제했 다. 같은 법을 1808년 나폴레옹도 채택했고 19세기 후반에 는 유럽의 많은 나라로 퍼져나갔다.

그래서 우리는 이름만 보면 그 사람의 혈통을 대략 짐작 할 수 있다. 슈타인(돌), 만(사람), 바움(나무), 베르크(언덕), 비츠(위트), 펠트(벌판)로 끝나는 이름은 대략 유대인이라고 보면 된다. 물리학자 아인슈타인, 피아노 연주자 호로비츠, 초현실주의 화가 펠릭스 누스바움 같은 사람이다(모든 규칙에는 예외가 있다. 물리학자 하이젠베르크는 유대인이 아니다).

그 중에서도 언덕을 뜻하는 독일어 베르크Berg로 끝나는 이름을 특히 많이 볼 수 있다. 영어식으로는 버그로 발음된다. 영화감독 스티븐 스필버그(놀이 언덕), 페이스북 창업자 마크 저커버그(사탕 언덕)가 대표적이다. 이들만큼이나 중요한 인물로 루브 골드버그(금 언덕)가 있다.

루브 골드버그는 1883년에 태어나 시청의 엔지니어로 수도관 지도를 만드는 일을 하다가 신문사에 취직해 허드렛일을 했다. 멀쩡한 직장을 때려치우고 허드렛일을 택한 이유는 한 가지. 틈만 나면 만화를 그려서 편집장에게 보여주기 위해서다. 거의 매일 밤 퇴짜를 맞았지만 결국에는 〈뉴욕 이브닝 메일〉이라는 큰 신문사의 만화가가 됐다.

루브 골드버그는 우리가 일상에서 간단하게 할 수 있는 일을 얼마나 복잡하게 만들면서 살아가는지 빗대어 보여주는 만화를 그린 것으로 유명하다. 이런 종류의 첫 번째 작품은 '버트 교수와 혼자 작동하는 냅킨'이다. 숟가락을 입에 대면 끈이 당겨지면서 올가미가 올라가고 과자가 앵무새를 스쳐 지나간다. 과자를 먹은 앵무새가 물을 마시기 위해 고개를 숙이면 작은 로켓이 발사되고 로켓에 연결된 팔이 냅킨을 움직여서 입 주변을 닦아준다.

그는 창문을 닦는 장치도 만들었다. 지나가던 사람이 바나나 껍질을 밟고 미끄러지면서 막대를 밟는다. 그러면 막대 끝에 달려 있는 말발굽이 날아가서 다른 줄에 걸리게 되는데 그 무게 때문에 물뿌리개가 흔들거리면서 물을 흠뻑 뿌려준다. 이때 그 밑에서 잠을 자던 개는 비가 오는 줄 알고 피하면서 간판을 넘어뜨리는데 넘어진 간판이 재떨이를 건드리면 대걸레가 흔들거리면서 유리창을 닦는다.

정말 말도 안 되게 복잡하고 실용성이라고는 눈곱만큼도 없는 설계다. 언뜻 보면 도미노처럼 보인다. 피자 브랜드를 말하는 게 아니다. 물체들이 연속적으로 쓰러지면 그 반응의 궤적으로 뭔가 재미와 아름다움을 전하는 놀이를 말하는 것이다. 루브 골드버그 장치도 연쇄적인 반응을 추구한다. 하지만 앞의 물체가 뒤의 물체를 넘어뜨리는 단순한 원리 이상이다. 냉철한 수식과 계산 그리고 공학적 설비가 전제되어 있다.

정말 말도 안 되게 비실용적인 루브 골드버그 장치가 일반인은 물론이고 과학자와 공학자의 인기를 끈 데는 이유가 있다. 그들이 비합리적인 세상과 대적할 때 사용할 수 있는 강력한 무기로 골드버그 장치라는 유머를 채택한 것이다.

요즘 골드버그는 '아주 간단한 일을 복잡한 방법으로 해결하는'이라는 뜻의 형용사로 쓰인다. 과학자들과 공학자들은 루브 골드버그를 동지로 여기면서 아직도 그를 따라하려 한다. 골드버그 장치는 복잡하고 비실용적이지만 그 장치를 만드는 과정에서 과학을 증명하고 실천하고 적용할 수 있기 때문이다. 서울시립과학관에서 가끔 열리는 '가족 골드버그 대회'는 가족이 함께 골드버그 장치를 만들면서 다양한 기계 작용을 구현해보고 그 과정에서 과학적 원리를 깨닫게 하는 행사로 꽤 인기다.

버그로 끝나는 또 한 명의 인물이 있다. 루스 베이더 긴즈버그. 생물학적인 성sex 대신 젠더gender를 처음 제안하고 사용한 미국의 대표적인 진보 대법관이다. 그는 2020년 9월 18일 세상을 떠났지만 그가 작성한 단호한 소수 의견은 영원히 기억될 것이다. 긴즈버그의 버그는 언덕이 아니라 성으로 둘러싸인 도시Burg에서 왔다.

중독에 대한
고찰

내가 어렸을 때는 게임 중독이 없었다. 자치기 중독, 구슬치기 중독 같은 말은 없다. 근데 요즘 아이들은 게임에 중독이 된다. 그 차이가 뭘까? 왜 구슬치기는 중독이 안 되는데 게임은 중독이 될까?

중독을 영어로는 poisoning(포이즈닝), intoxication(인톡시케이션), addiction(어딕션) 이렇게 표현한다. 납이나 카드뮴 같은 중금속에 중독됐을 때나 시안화합물, 이황화탄소, 일산화탄소 같은 화학 물질에 의한 중독은 주로 포이즈닝이라고 표현을 한다. 술이나 담배, 마약, 게임같이 의존성을 갖게 되는 중독은 어딕션이라고 한다. 이 둘은 다르다. 사람이 수은에 한 번 중독되었다고 수은 치료를 받은 다음에 "수은이 필요해"라고 하지는 않는다. 연탄가스에 중독된 사람이 끊지 못하고 연탄가스 중독자가 되는 일은 없다.

미국중독의학협회 The American Society of Addiction Medicine에서는 중독을 다음과 같이 정의한다.

* 중독은 보상, 동기 부여, 기억 등에 관련한 뇌의 회로 이상을 수반하는 주요하고도 만성적인 뇌 질환이다.
* 이들 회로에서 생기는 기능 장애는 매우 특징적인 생물학적, 정신적, 사회적, 영적 표출들로 이어진다.
* 이것은 물질 사용과 다른 행위들에 의한 보상과 위안을 추구하는 개인들에게 나타난다.
* 중독은 행동 통제 장해, 갈망, 일관된 금욕 장해, 그리고 자신의 행동과 타인과의 인간관계와 관련해 심각한 문제가 있다는 것에 대한 인식 저하 등의 특징을 지니고 있다.
* 다른 만성 질환처럼 중독은 완화됐다가 다시 재발하는 순환을 한다. 치료를 받거나 회복 활동을 하지 않으면 중독은 계속 진행되며, 결국에는 장해와 조기 사망에 이른다.

여기서 중요한 것은 중독은 '뇌 질환'이라는 것, '보상과 위안을 추구하는 사람'이 주로 걸린다는 것이다. 우리는 중독에 대해 상당히 관대하다. 알코올 중독자에게 '애주가'나 '호주가'라는 아주 그럴싸한 표현들을 많이 쓴다. 니코틴 중독자인데도 불구하고 '애연가'라고 한다. 중립적인 표현도 "흡연자시네요" 정도로 하지 "니코틴 중독자이시네요" 이렇게 이야기하지는 않는다.

독극물은 왜 위험할까

〉━

먼저 화학 물질에 의한 중독을 알아보자. 청산가리 하면 흔히들 파란색일 거라고 생각하지만 사실은 하얀 가루다. 어렸을 때 청산가리 중독으로 죽을 뻔한 적이 있다. 어디선가 달고나라는 걸 보고 집에서 만들어 먹으려 했다. 집에 왜 청산가리가 있었는지는 모르겠지만 청산가리가 설탕인 줄 알고 국자에 넣어 불에다 올려놓으려 했는데 아마 올려놓았다면 냄새가 퍼지자마자 죽었을 것이다. 바로 그 순간 아버지와 어머니가 나를 퍽 치면서 구해주셨다. 당시로서는 이해가 되지 않았다. 아니, 자식이 달고나 좀 먹겠다는데 왜들 그러시나.

청산가리KCN는 일본식 명칭이다. '청산'은 시안산, '가리'는 칼륨에서 유래했다. 책 인쇄할 때 쓰이는 4가지 색을 CMYK라고 하는데 하늘색인 C가 바로 시안HCN이다. 옛날에는 커다란 노루 같은 것을 사냥할 때 청산가리를 활용했다. 사람들은 많은 시행착오를 거쳐 청산가리 양을 조절해서 잡은 뒤 내장은 버리고 고기만 먹으면 괜찮다는 걸 알고 있었다. 지금은 당연히 불법이다.

청산은 아주 강력한 독이다. 그런데 청산을 먹으면 왜 죽을까? 우리가 살아가는 데 제일 필요한 게 에너지이고, 에너지를 만드려면 뭔가를 태워야 된다. 우리는 영양분을 산소로 태워서 에너지를 얻는다. 산소가 없어서 죽는 이유도 에너지를 얻지 못해서 죽는 것이다. 우리 몸의 세포 안에는 미토콘드리아가 있고, 세포막에 시토크롬 산화효소라는 게 있다. 이 시토크롬 산화효소가 산화(산소에 전자를 전달)되면서 에너지가 생기는데 청산가리가 효소에 딱 달라붙어버리면 효소가 원래 역할을 하지 못한다. 우리 몸속에서 에너지가 생기지 않는 것이다. 우리가 숨을 쉬지 못하면 죽는 것도 이 때문이다. 산소 공급이 안 돼서 세포 안에서 에너지가 생기지 않기 때문에 숨을 몇 분만 못 쉬어도 죽는 것이다.

뱀독은 단백질이고 효소다. 뱀독은 출혈독과 신경독이 있다. 출혈독은 들어가면 적혈구가 다 부서져버린다. 적혈구가 산소를 운반하는데 적혈구가 부서지면 산소 운반을 못 한다. 아까와 똑같은 문제가 생기는 것이다. 에너지가 생성이 안 된다. 그러니까 독 자체가 우리를 죽이는 게 아니라 독이 에너지를 생산하지 못하게 해서 죽는 것이다. 신경독은 신경을 마비시키는데 호흡과 관련된 신경을 마비시켜 숨을 쉴 수 없게 만든다. 숨을 못 쉬니까 산소가 안 들어가서 영양분을 태울 수가 없다. 청산가리나 뱀독이나 우리에게 미치는 영향은 똑같다.

중독되면 행복한 이유

미국 중독 의학 협회에 따르면 중독은 뇌질환이다. 주로 스트레스를 적절히 처리하지 못하는 사람이 중독에 걸린다. 스트레스에서 벗어나기 위한 단기적인 처방에 점점 중독이 되는 것이다. 근데 사실 길게 봐야 한다. 스트레스는 그날로 풀리는 게 아니다. 근본적인 문제를 해결해야 되는데 술이나 담배, 마약 같은 것을 선택하는 게 문제가 된다. 일단 하면 행복하니까.

어떤 사람들은 스트레스를 풀기 위해 장거리 달리기를 한다. 달리기를 하다 보면 분비되는 호르몬이 있다. 이 호르몬은 거의 마약에 취한 것처럼 만들어준다. 어려운 지점을 딱 넘었을 때 뇌에서 분비되는 물질이 마약을 먹었을 때 분비되는 것과 같은 것이다. 러너스 하이 같은 경우에는 진화론적으로 매우 의미가 있다. 우리에게 손가락이 남아 있는 이유는 통증을 느낄 수 있어서다. 불 속에 넣어도 안 아프다면 손가락이 남아 있지 않을 것이다. 그런데 반대로 호랑이한테 물렸는데 아프기만 하다면 틀림없이 죽고 말 것이다. 그런 순간에는 아프지 않고 일단 냅다 도망갈 수 있어야 살아남을 수 있다. 그래서 달리다보면 행복한 물질이 나와서 계속 달릴 수 있는 것이다.

중독의 문제는 효과가 감소된다는 것이다. 처음에는 운동장 몇 바퀴만 뛰어도 좋았는데 나중에는 그것만 뛰어서는 안 된다. 42,195킬로미터를 뛰어야만 된다. 아니면 또 다른 중독 대상으로 옮겨간다. 새로운 보상을 찾기 위해서이다. 내가 갖고 있는 스트레스, 억압을 못 견뎌서 보상을, 뇌에 자꾸 다른 신호를 주는 것이다. 문제는 따로 있는데 그 문제를 잊게 하는 신호이다.

뇌에는 86억 개의 신경 세포(뉴런)가 있다. 신경 세포들은 서로 전기 신호를 주고받는다. 하나의 신경 세포마다 수천 개의 가지가 뻗어나와 다른 신경 세포와 연결되는데 가지와 가지를 이어주는 부위가 바로 시냅스다. 전기 신호가 갈 때는 전기가 번쩍번쩍하며 이동하는데 만나는 지점에서는 화학적으로도 전달이 된다. 이걸 신경 전달 물질이라고 한다. 건너편에는 이 신경 전달 물질을 받아들일 준비가 되어 있는 수용자들이 있다. 뭔가 전기가 번쩍하고 신호가 오면 신경 전달 물질이 바깥으로 튀어나간다. 신경 전달 물질이 가면서 신경 세포 벽에 자극을 준다. 그럼 또 전기 신호가 다음 시냅스까지 전달되어 번쩍하고 간다. 신호가 오면 또 받았으니까 다음에 넘겨주는 물질이 나간다. 그런데 이렇게 계속 가는 게 아니라 어느 순간에는 더 이상 나가지 못하고 신경 전달이 끝난다.

그런데 마약이 몸 안에 들어오면 몇 초 안에 뇌에 있는 시냅스 부분을 변화시킨다. 뇌의 보상회로가 활성화되면서 기쁨, 행복, 흥분 이런 걸 준다. 필로폰이 들어오면 도파민이라는 신경 전달 물질이 과도하게 분비된다. 행복감을 준다.

그런데 약물이 뇌에 어떤 영향을 미치는지 어떻게 알까? 뇌를 찍어보면 알 수 있다. 뇌는 포도당을 에너지원으로 쓴다. 포도당 한쪽에다가 플로오르라는 방사선 원소를 붙여 놓는다. 뇌가 활발한 곳은 포도당이 더 많이 간다. 방사선이 번쩍번쩍하니까 더 많이 있는 걸로 보이게 된다. 이러한 영상 진단 기술을 양전자방출단층촬영PET이라고 한다. 커다란 기계에 사람이 누워 있으면 뇌를 한 층, 한 층 잘라서 측정을 하는데 빨간 부분은 아주 활발한 것, 주황색은 높은 것, 초록색은 중간, 청색은 활성이 낮고, 까만색은 활성이 없는 것이다. 또 다른 방법은 자기공명영상MRI이다. 혈관의 혈류량을 찍는 방법이다. 산소가 활발한 곳은 에너지가 많이 필요하니까 혈류량이 많다. 거기서는 라디오파가 더 많이 나온다. 컴퓨터로 라디오파를 측정해서 보여주는 것이 흔히 말하는 MRI다.

근데 왜 중독이 나쁠까? 의존성 때문에 그렇다. 약물로 인해 도파민 분비량이 필요 이상으로 지나치게 증가할 경우 뇌는 거기에 적응하기 위해서 시냅스 도파민 수용체를 줄여버린다. 도파민을 받아들일 수 있는 것을 없애버리는 것이다. 그렇게 도파민 수용체가 감소한 상태에서 마약을 끊으면 도파민이 조금밖에 분비되지 않는다. 신경 전달이 안 되는 것이다. 행복하기가 어려워진다. 정상적인 사람은 도파민 수용체가 많지만 약물을 먹은 사람은 도파민 수용체가 줄어들어 있다.

이렇게 수용체가 줄어든 상태에서 약을 끊으면 불행해진다. 점점 줄어들수록 약도 점점 더 많이 필요해진다. 알코올, 니코틴, 아편, 헤로인 등등 약물의 종류는 달라도 원리는 똑같다.

약물로 인해 머리가 나빠지기도 한다. 뇌는 약물에 계속 적응한다. 보상 경로가 외부 영역까지 점점 확대된다. 판단, 학습, 기억에 관여하는 영역에 물리적인 변화가 생긴다. 실제로 뇌 구조가 바뀌는 것이다. 마약을 거의 습관, 반사처럼 찾는 상태가 되면 중독됐다고 하는 것이다. 필로폰에 중독된 사람들의 뇌를 보면 뉴런이 일반인보다 굵고 가지도 많다. 수용체가 적어졌기 때문에 찾으려고 하는 것이다. 그래서 마약을 복용하지 않았다고 거짓말을 하는 경우에도 뇌를 찍어 보면 마약에 중독되어 있다는 사실을 알 수가 있다.

우리가 호흡을 할 때 '가바'라는 물질과 '글루타메이트'라는 물질이 서로 딱 균형을 맞추면서 호흡을 하게 해준다. 글루타메이트는 호흡을 더 많이 하게 해주고, 가바는 호흡을 줄여준다. 그런데 헤로인이나 알코올 같은 게 들어가면 문제가 생긴다. 알코올은 글루타메이트의 촉진 신호를 줄여버린다. 마약을 할 때 흔히 음주를 함께하는 경우가 많은데 알코올은 촉진 신호를 줄이고, 헤로인은 억제 신호를 늘린다. 그러면 어떻게 될까? 호흡을 아주 적게 하게 된다. 심하면 죽는다.

흡연자들은 일이 안 풀릴 때 담배 한 대를 피우면 풀린다고 한다. 니코틴의 농도가 적을 때는 중앙 신경계를 자극해 일시적으로 머리가 활발하게 잘 돌아가게 해준다. 근육에는 아무런 영향을 주지 않는다. 그런데 농도가 높아지면 뇌에 너무 자극을 줘서 혼란, 발작, 혼수상태에 빠지게 되고 근육에도 영향을 줘서 심하면 무호흡 증세에도 빠지게 된다. 니코틴은 위험한 독이다. 근데 위험하고 중독성도 강한 니코틴을 거의 합법적으로 필고 세금까지 걷고 있다. 니코틴 패치, 니코틴 껌, 담배를 한꺼번에 할 경우에는 죽을 수도 있다. 보통 담배 4갑에 들어 있는 니코틴을 추출해서 주사로 맞으면 죽는다.

코카인은 코카나무 잎에서 추출하는 천연물이다. 초기엔 코카콜라를 코카인으로 만들었다. 코카인은 활동성을 증가시키고 심장 박동수를 증가시킨다. 혈압이 높아지니 혈관이 수축된다. 혈관이 줄어들면서 산소 공급이 원활하지 않아서 뇌에 손상을 줄 수 있다. 체온도 조절 못 하게 되어서 무척 위험한 것이지만 그럴수록 대개 행복감은 많이 준다.

마약을 약이라고 하는 이유는 정말 약으로서의 효과가 있기 때문이다. 옛날에는 배 아프면 아편, 대마 같은 걸 먹었다. 먹으면 나았다. 만병통치약처럼 아주 다양한 분야의 치료제였다. 코카콜라도 초기에는 "피곤해? 코카콜라를 마셔. 피로를 없애줄 거야"라고 광고했다. 치통이 생기면 코카인 사탕을 먹었다. 사탕을 많이 먹으면 코카인이 나오면서 그 마약 성분 때문에 통증이 없어졌다. 아스피린으로 유명한 바이엘 제약회사는 헤로인 약을 진통제로 팔았다. 머리 아플 때, 배 아플 때 이 약을 먹었다. 마리화나 추출물은 1937년에 금지될 때까지 미국에서 세 번째로 많이 처방되는 약이었다. 그만큼 효과가 좋았다. 그렇지만 문제는 몸이 점점 더 많은 걸 요구한다는 것이다.

필로폰은 아주 간단하게 만들 수 있는 물질이다. TV에서 필로폰 제조범 검거 뉴스를 보면 자료 화면에 매우 허름한 창고가 나오지 않나. 어려운 과정이 아니기 때문이다.

의지의 문제가 아닌 뇌의 문제

〉-

화학물질이 아닌 것에도 중독이 된다. 만약 버스 정류장에서 버스를 기다리다가 지갑을 안 갖고 온 걸 알았다면 어떻게 할까. 평범한 사람이라면 집에 가서 지갑을 가져올 것이다. 근데 우리 딸은 집에 안 가고 그냥 버스를 탄다. 그랬던 딸이 버스를 타고 30분쯤 가다가 핸드폰이 없는 걸 알면 어떻게 하는지 아시는가? 곧바로 내려서 집에 온다. 오로지 핸드폰을 가지러. 핸드폰이 없으면 마치 우주하고 연결이 끊어진 것 같고, 토할 것 같단다. 핸드폰이 없으면 아무 데도 못 간다. 핸드폰에 중독되었다. 나도 그렇다. 아이폰을 처음 쓰면서 얼마나 후회했는지 모른다. '이 좋은 걸 왜 이렇게 늦게 샀을까? 다른 친구들은 2년 전에 샀는데.' 나도 어딜 가든 핸드폰을 들고 간다. 핸드폰이 없으면 안 된다. 핸드폰과 내 손이 전선으로 연결되어 있으면 좋겠다. 우리는 핸드폰, 게임, 인터넷, TV, 일 이런 것들에 많이들 중독되어 있다.

　그러면 인터넷 중독 같은 것도 뇌를 바꿀까? 약물은 물질이 들어오는 거지만 인터넷은 내 머리에 물질이 들어오는 게 아닌데도 뇌에 영향을 줄까? 서울대 교수팀이 연구해보니 영향을 주는 것으로 밝혀졌다. 코카인 중독자의 활동성과 인터넷게임 과다 사용자의 활동성이 뇌의 같은 데서 일어났다. 게임이 마치 코카인을 먹은 것 같은 작용이 일어나는 것이다. 코카인 중독자가 "마약 하지 마세요" 하면 "네, 알겠습니다"라고 하지 않듯이, 보상을 찾기 위해 범죄라도 저질러 마

약을 하듯이 인터넷 게임에 중독된 사람들도 게임 하지 말란
다고 안 하지 않는다. 이미 뇌의 신호 구조가 바뀌었기 때문
에 할 수밖에 없다. 부모를 속이고 싶어서, 반항하고 싶어서
그러는 게 아니라 뇌가 요구를 하고 있는 것이다. 아이들에
게는 야단이 필요한 게 아니라 치료가 필요한 것이다.

중독은 의지의 문제가 아니다. 뇌의 질환이다. 개인이 중
독과 이별하는 것은 불가능하다. 왜냐면 스스로 뇌 속에 들
어가서 시냅스를 바꿀 수 없기 때문이다. 그래서 사회라는
게 필요한 것이다. 개인에게 알아서 하라고만 하면 방법이
없다.

우리는 아직도
이런 걱정을

19세기 말 아직도 어딘가에는 남아 있을지 모를 보물섬을 찾아서 제국주의자들이 이동할 때 영국은 서아프리카 식민지 자산을 지키기 위해 귀족 출신 군인 그레이스톡 경을 파견한다. 하지만 그는 목적지에 도착하지 못한다. 제국주의와 평행 우주처럼 유행하던 선상 반란이 일어났기 때문이다. 구사일생으로 살아남은 귀족 부부는 무인도에 떨어져 오두막을 짓고 아들을 낳는다. 그리고 아들은 외톨이가 된다.

밀림의 동물들에게 외톨이 아기는 좋은 먹잇감이다. 하지만 어디에나 동정심이 넘치는 개체가 있는 법. 유인원 칼라는 이 외톨이를 키웠다. 외톨이는 유인원 무리 속에서 무럭무럭 자랐다. 다른 개체들보다 더 크고 강해졌다. 어느 날 우두머리 커책과 다투게 되었다. 커책의 잔혹한 송곳니가 그의 구릿빛 피부에 닿으려는 순간 거대한 몸집이 외톨이 옆으로 쓰러졌다. 외톨이의 손에는 칼이 들려 있었다. 이제 외톨이가 유인원 무리의 왕이 될지 말지 결정해야 할 순간이다. 외톨이는 커책의 몸을 딛고 서서 숲 전체가 떠나가도록 정복자의 포효를 외쳤다. "아~아아~."

그렇다. 칼을 지닌 외톨이는 타잔이다. 타잔은 매일 싸운다. 야생에서 싸우는 이가 어디 한둘인가. 하지만『모비 딕』의 에이허브 선장과는 다르다. 에이허브 선장은 지루하고 지난하게 싸운다. 그의 싸움은 매우 현실적이다. 하지만 타잔에게는 하늘에서 내려오는 기계신 같은 존재가 있다. 맥락 없이 "아~아아~" 외치기만 하면 밀림에 있는 온갖 동물들이 몰려와서 반란을 일으키는 무뢰한들, 허세만 부리는 나약한 지식인과 귀족들, 식인종 원주민들을 무찌른다. 이야기가 빠르다. 그리고 재밌다. 그 옆에는 "가자, 치타!"라는 말만 알아듣는 침팬지가 있다.

타잔은 사랑하는 여인에게 그가 할 수 있는 최상의 언어로 고백한다. "나는 너를 원한다. 나는 네 것이다. 너는 내 것이다. 우리는 여기 내 집에서 평생 함께 산다. 나는 너에게 가장 맛있는 과일과 가장 부드러운 사슴 고기와 밀림에서 가장 좋은 고기를 가져다 줄 것이다. 나는 너를 위해 사냥할 것이다. 나는 밀림에서 최고의 사냥꾼이다. 나는 너를 위해 싸울 것이다." 그녀의 이름은 제인 포터였다.

물론 지금까지의 이야기는 실화가 아니다. 에드거 라이스 버로스가 1912년부터 잡지에 연재한 소설 '타잔' 시리즈와 영화, TV 시리즈물로 널리 알려진 이야기다. 이 책을 우리보다 먼저 읽은 어인이 있다. 1934년에 태어난 발레리 제인은 영국 남부 해안가 도시에서 '둘리틀 박사 이야기' 시리즈를 읽으며 자랐다. 어린 발레리 제인은 틈만 나면 동물과 어울렸다.

발레리 제인이 닭장에 들어가면 닭들이 나갔고, 발레리 제인이 닭장에서 나오면 닭들이 들어갔다. 그래서 닭장 구석에서 조용히 몇 시간이고 버텼다. 그러자 닭들은 그녀가 있다는 사실을 잊고 닭장에 들어왔다. 그리고 마침내 발레리 제인은 닭의 뒤꽁무니에서 달걀이 쑥 나오는 장면을 목격하게 되었다.

발레리 제인은 타잔을 처음 만난 순간 사랑에 빠졌다. 그리고 자신과 이름이 같은 제인 포터를 몹시 질투하게 되었다. 질투만 하고 있을 수는 없는 법. 그녀는 아프리카 동물들을 연구하기 위해 무턱대고 아프리카로 떠났다. 거기서 만난 사람이 올두바이 협곡에서 진잔트로푸스 보이세이(오스트랄로피테쿠스 보이세이)라는 고인류 화석을 발굴한 루이스 리키다. 루이스 리키는 발레리 제인의 동물에 관한 관찰력이 뛰어나다는 걸 깨닫고 그를 조수로 채용했다.

1960년 7월부터 발레리 제인은 빅토리아 호수에서 곰비 침팬지 관찰을 시작했다. 그리고 그곳에서 침팬지가 도구를 사용한다는 사실을 발견했다. 유아 살해와 같은 어두운 측면도 꼼꼼히 기록했다. 무분별한 침팬지 포획에 대한 사회의 관심을 불러일으켜서 실험에 사용하는 동물의 수에 한계를 정하게 하고 동물들의 사육 환경을 개선시켰다.

발레리 제인은 어릴 때 불리던 이름이다. 그의 정식 이름은 발레리 제인 모리스 구달. 우리가 흔히 제인 구달이라고 하는 바로 그분이다. 유인원 침팬지의 본모습을 최초로 밝힌 여인이다. 재밌는 사실이 있다. 사람과 가까운 거대 유인원을 본격적으로 연구한 이들은 모두 여성이었다. 침팬지에게 제인 구달이 있다면, 고릴라에게는 다이앤 포시, 그리고 오랑우탄에게는 비루테 갈디카스가 있다. 이 세 여성 과학자가 없었다면 우리가 알고 있는 유인원의 모습은 타잔 옆에 있던 치타 수준에만 머물렀을지도 모른다.

유인원은 원숭이와 달리 꼬리가 없다. 그런데 이름이 잘못 붙은 유인원이 있다. 긴팔원숭이가 바로 그것. 한국 연구팀은 10년 넘게 자바긴팔원숭이를 연구했다. 여기에도 당연히 여성 과학자가 포함되어 있다. 김예나 박사가 바로 주인공이다. 동물 생태 연구는 시간이 오래 걸린다. 당연히 현지에 연구 센터가 있어야 한다. 사람과 돈이 모두 있어야 한다. 연구팀의 재정이 어렵게 되었다고 한다. 지원이 필요하다.

제인 구달 선생님, 2024년 90번째 생신 축하드립니다. 그런데 우리는 아직도 이런 걱정을 하고 있습니다.

✕

저듸, 곰새기

7월 17일은 1948년 대한민국 헌법이 제정된 것을 기념하는 제헌절이다. 다음날인 7월 18일은 공휴일도 국경일도 아니지만 많은 시민이 기억하는 뜻 깊은 날이다. 제돌절. 2013년 7월 18일 제주 김녕 앞바다에 남방큰돌고래 제돌이와 춘삼이가 방류된 날이다(삼팔이도 같이 방류하려 했으나, 성격 급한 삼팔이는 찢어진 그물 사이로 며칠 먼저 빠져나갔다).

동물원의 돌고래 몇 마리를 바다로 보낸 게 뭐 대단한 일이라고 기념일까지 제정하냐고 따져 물을 수도 있다. 그런데 대단한 일 맞다. 오랜 기간 인간 세계에 살던 돌고래가 자연으로 잘 돌아갈 수 있을지, 혹시 자연 생태계에 엉뚱한 교란을 일으키지는 않을지 걱정이 많았지만 모든 과정이 완벽했다.

뭐든지 처음이 어렵다. 제돌이, 춘삼이, 삼팔이가 스타트를 잘 끊자 다음 과정에 대해서는 별 반대나 걱정이 따르지 않았다. 2015년에는 복순이와 태산이가 바다로 돌아갔고, 2017년 제돌절에는 대포와 금등이가 방류되었다. 이후 해양수산부에서도 두 마리를 바다로 돌려보냈다. 먼 바다로 간 것으로 보이는 대포와 금등이를 제외한 일곱 마리의 남방큰돌고래는 야생에 제대로 적응하여 제주 연안의 다른 돌고래들과 무리를 지어 산다.

동물원에서 제주 바다로 돌아간 남방큰돌고래들은 연안에 살던 돌고래 무리에 슬그머니 끼어들기만 한 게 아니다. 이들과 함께 짝을 이루고 새끼를 낳았다. 무리에 완벽하게 적응하여 한 식구가 된 것이다. 삼팔이는 새끼를 두 차례 낳았고, 춘삼이와 복순이도 새끼를 한 번씩 낳았다. 이들로 인해 늘어난 숫자는 네 마리. 기껏해야 120여 마리에 불과한 제주 남방큰돌고래 숫자가 '무려' 넷이나 늘어난 것이다.

서울대공원의 남방큰돌고래를 자연으로 보내는 데는 해

양환경단체 핫핑크돌핀스의 노력과 박원순 전 서울시장의 결단, 그리고 생태학자 최재천 교수 연구팀의 치밀한 계획과 실행 등 여러 요소가 큰 역할을 했다. 모두 적절했다. 특히 원래 살던 바다로 일곱 마리를 성공적으로 되돌려 보낸 최재천 교수팀이 만든 돌고래 방류 프로토콜은 외국 연구자들의 교범이 됐을 정도다.

7월 20일은 Happy Tursiops aduncus Day다. 투르시옵스 아둔쿠스Tursiops adnuncus는 남방큰돌고래의 학명이다(린네의 이명법에 따라 학명은 속명＋종명으로 쓰는데 속명의 첫 글자는 대문자, 종명의 첫 글자는 소문자로 쓴다는 사실은 중학교 생물 시간에 배운다). 우리는 남방큰돌고래라고 부르는데 외국에서는 인도태평양병코돌고래라고 부른다(물론 영어로!). 남방큰돌고래의 날을 제정한 단체는 핫핑크돌핀스. 그러니 매년 7월 18~20일은 남방큰돌고래를 생각하는 날로 삼으면 될 것 같다.

바다에 살고 있는 새끼 돌고래의 어미가 누구인지 어떻게 알까? 매일 그들을 관찰하는 연구자가 있다. 해양동물생태보전연구소MARC 연구자들은 드론을 띄우고 배와 차를 타고 추적하면서 각 돌고래의 등지느러미를 찍는다. 그들은 등지느러미만 봐도 누가 누구인지 안다. 살다 보면 등지느러미에 상처가 생기는 법. 따라서 거의 매일 그들을 쫓아야만 누가 언제 어떻게 다쳤는지, 그래서 각 새끼들의 어미가 누구인지 확인할 수 있는 것이다.

우리나라에는 바다로 돌아가지 못한 남방큰돌고래가 아직 한 마리 있다. 비봉이. 비양도 앞바다에서 잡혀 2005년에 퍼시픽랜드에 반입되었다. 공소시효*가 지나 바다로 돌아가지 못하고 여전히 돌고래 쇼를 하고 있다. 비봉아, 미안하다!

해양 동물 생태 보전 연구소는 이름은 거창하지만 국책 연구소 같은 곳은 아니다. 제주 남방큰돌고래의 행동 생태를 연구하는 두 대학원생 장수진과 김미연이 활동하는 작은 연구소다. 연구원 월급도 없다. 제주도 바다를 여행하다가 등지느러미에 '1'이라는 숫자가 찍힌 제돌이를 발견하면 두 연구원처럼 외쳐 보자. "저듸, 곰새기!" '저기, 돌고래'라는 뜻의 제주어다.

※   남방큰돌고래들을 바다로 돌려보낸 구 수산업법 위반의 혐의 처벌은 2년 이하 징역 또는 벌금이다. 형사소송법상 장기 5년 미만의 징역 또는 금고 또는 벌금에 해당하는 범죄는 공소시효가 5년이다.

✕

뜻 깊은
작은 장례식

어미와 새끼 개가 등장하는 짧은 비디오 클립 하나를 봤다. 새끼가 죽었다. 죽은 새끼를 입에 물고 우왕좌왕하던 어미는 화단으로 들어가 땅을 파고 거기에 새끼를 묻고서는 주둥이로 흙을 덮고 발로는 흙을 단단하게 다진다. 이 짧은 장면에서 새끼를 잃은 어미의 애통한 마음을 볼 수 있었다. 눈물이 핑 돌고 가슴이 아렸다. 짐승도 이럴진대 사람이 가족을 잃었을 때 그 슬픔은 얼마나 크겠는가.

몇 년 전 어버이날 새벽에 아버지가 갑자기 돌아가셨다.

그 황망함이란 이루 말할 수 없다. 경황이 없어도 부고를 알리는 데는 얼마 걸리지 않았다. 단 몇 번의 클릭으로 지인들에게 상을 당한 사실을 알릴 수 있었고, 아버지 핸드폰으로 아버지의 친구분들께도 쉽게 연락했다. 복잡한 장례절차는 교회의 도움을 받았고 병원 장례식장-상조 회사-화장터-추모 공원은 시스템 안에서 훌륭하게 작동했다.

어버이날 저녁이었지만 친구들은 자기 부모님을 챙기는 대신 우리 아버지 빈소를 찾았다. 어버이날 복잡한 도로 사정에도 불구하고 어렵게 도착한 친구들은 형식적으로 문상을 하고 빈소 옆방에 마련된 식당에서 반주를 곁들인 식사를 한다. 문상객이 뜸한 틈을 타서 친구들에게 가면 친구들은 역시 형식적으로 돌아가신 아버지의 연세가 어떻게 되는지, 평소에 지병이 있었는지를 묻는다(모든 문상객들은 같은 걸 묻는다. 나중에는 아예 벽에 그 내용을 써놓을까 고민했을 정도다). 간단한 대화가 오가고 상주가 새로운 손님을 맞기 위해 자리를 뜨면 친구들은 다시 왁자지껄 떠들고 마시면서 흥겨운(!) 시간을 갖는다. 장례식장은 동창회장이고 향우회장이다.

나는 우리나라의 이 흥겨운 장례 풍경이 참 좋다. 안주 내와라, 술상 새로 봐달라는 문상객의 성화에 상주들이 슬퍼할 틈이 없는 장례문화가 정말 좋다. 상주만 슬퍼하면 됐지 어떻게 모든 사람이 함께 슬퍼할 수 있겠는가. 한번은 시끄럽게 떠들고 있는 후배들에게 상주인 선배가 와서 "잔치 났다, 잔치 났어"라고 핀잔을 준 적이 있는데, 그의 얼굴도 싫은 기색은 아니었다.

빈소는 한편으로는 축제의 장이면서 다른 한편으로는 허세의 장이기도 하다. 빈소 안팎에 놓인 화환이 얼마나 많으며, 누가 화환을 보냈는지를 살피게 된다. 장례식장은 돌아가신 고인이 아니라 상주의 위세를 나타내는 경연장이다. 아버지가 돌아가셨을 때 첫날 밤 늦게 빈소를 찾은 한 출판사 대표는 빈소에 화환이 너무 적다면서 내가 부고를 띄우지도 않은 다른 출판사 사장에게 전화를 걸어서 화환 독촉을 하는 친절(!)을 베풀기도 했다.

아버지상을 슬픔 속에서 치르는 동안에도 어머니와 네 자식 그리고 며느리와 사위는 평소와 다름없이 화목을 유지했다. 하지만 수의와 관을 정할 때 잠깐 갈등이 생기기도 했다. 약간 거리가 있는 친척이 "체면이 있지 이 정도는 해야 한다, 네 아버지가 너희를 어떻게 키웠는데, 수의가 그게 뭐냐"면서 참견을 했기 때문이다. 이때 상조 회사에서 도와주러 나온 사람이 자신의 매출과는 반대되는 방향으로 자식들의 뜻이 옳다고 지지를 표하면서 정리가 되었다.

우리나라의 장례 의식은 자신의 종교와 상관없이 대체로 유교 문화의 영향을 받는 것 같다. 부모가 돌아가신 게 살아 있는 자식의 불효 때문이라고 여기고, 효를 다하지 못한 것을 주변에 널리 알리고, 망인에 대한 슬픔과 애통함을 여러 의식과 절차를 통해 표현하려고 한다.

　　그런가 하면 장례마저 치르지 못하는 사람들도 있다. 서울시에서만 매년 3백여 명이 무연고자로 세상을 떠난다. 무연고 사망자는 별다른 예식 없이 곧바로 화장된다. 아무리 가족이 없는 사람이라도 최소한의 장례는 치를 수 있어야 하지 않을까. 2016년 1월 대한 大寒 추위가 엄습했을 때도 돈의동 쪽방촌에서 무연고 노인 한 분이 돌아가셨다. 이를 안타까워한 돈의동 사랑의 쉼터와 한겨레 두레 협동 조합은 돈의동 사람의 쉼터 지하 휴게실에 작지만 특별한 빈소를 차려 노인의 마지막 길을 배웅했다. 평소 고인과 이웃 살이를 하며 정을 나눴던 주민들이 조용히 분향했다. 참 좋은 이웃이다.

　　그런데 한편에서는 과도하고 번잡스러운 장례문화가 계속되고 있다. 마지막 가는 길까지 허세를 떠는 게 무슨 덕이 되겠는가. 절차가 복잡하고 비용이 많이 들수록 효를 다한 것이라고 강요하는 사회에서 우리 형제들이 될 수 있으면 절차를 간소화하고 비용을 아끼는 데 쉽게 합의할 수 있었던 까닭은 아버지가 평소가 그렇게 사셨기 때문이다.

누구나 장례를 부담스러워한다. 장례 비용은 평균 1,200만 원으로 지나치게 많이 들고, 불필요하고 왜곡된 절차로 상주뿐만 아니라 문상객들에게도 부담이 되고 있다. 장례를 간소하게 치르면 불효라고 여기고 거창한 장례식으로 상주의 사회적 지위를 과시하려는 풍토는 이제 그만 사라져야 한다. 나는 아예 간소한 장례 절차를 정해서 자식에게 전해줄 생각이다. 그래야 자식이 자유로울 것 같다.

흑백논리
탈출하기

"자연! 우리는 그녀를 포위하고 포옹합니다. 우리는 자연으로부터 자신을 분리할 힘이 없고, 자연을 넘어서 뚫을 힘도 없습니다. 묻거나 경고하지 않은 채 자연은 우리를 빙글빙글 도는 춤에 끌어들이고, 우리가 피곤하여 그녀의 팔에서 떨어질 때까지 우리를 돌립니다. 자연은 항상 새로운 형태를 형성합니다. 이전에는 결코 없었던 형태입니다. 모든 것은 새롭지만 또한 항상 오래된 것입니다."

1859년 11월 찰스 다윈의 『종의 기원』이 출간된 지 꼭

10년 만인 1869년 11월 4일 영국에서 창간된 주간지 〈네이처〉의 권두언 첫머리다. 그 주인공은 독일 시인 요하네스 볼프강 괴테. 1832년에 죽은 괴테가 직접 자신의 글을 잡지에 실을 수는 없다. 생물학자 토머스 헨리 헉슬리가 책의 머리말을 쓰면서 괴테가 베수비오 화산과 폐허 도시 폼페이를 여행한 후 쓴 〈자연의 아름다움에 빠지다〉를 한 페이지 반에 걸쳐서 길게 인용한 것이다.

1860년 옥스퍼드에서 열린 학술 대회에서 성공회 주교이자 조류학자인 윌리엄 윌버포스와 맞선 헉슬리의 일화는 유명하다. "당신 조부모 중 어느 쪽이 유인원과 친척이냐"라는 윌버포스의 조롱에 맞서 헉슬리는 "과학 토론을 하면서 상대를 조롱하는 데 자신의 재능과 영향력을 사용하는 인간보다는 차라리 유인원을 조부모로 택하겠다"고 대꾸했다.

찰스 다윈은 『종의 기원』을 발표한 후 불거진 과학적, 신학적, 도덕적 논쟁과 거리를 두었다. 이와 달리 헉슬리는 '다윈의 불독'을 자처하며 논쟁에 뛰어들었고, 다윈은 헉슬리를 "나를 대신하여 복음, 즉 악마의 복음을 전하는 착하고 친절한 대리인"이라고 하였다.

헉슬리 외에도 다윈을 옹호한 이들은 더 있었다. 다윈이 비글호 항해를 하는 동안에 큰 깨달음을 얻게 한 『지질학 원리』를 쓴 찰스 라이엘, 다윈이 항상 먼저 의견을 구했던 식물학자 조지프 후커, 한 종의 모든 구성원 사이에는 유전적 연관이 있어야 한다고 주장한 미국 식물학자 아사 그레이 등이다. 이들은 'X클럽'이란 이름으로 뭉쳤다.

X클럽은 다윈을 홍보하기 위한 비공식적 모임이었다. 잡지가 필요했다. 헉슬리가 발행하던 〈자연사 리뷰〉가 폐간된 후 X클럽 회원들은 기금을 갹출하여 〈리더〉를 발간했지만 얼마 가지 못하고 문을 닫았다. 바로 그때 이들에게 노먼 로키어라는 편집자가 알렉산더 맥밀런을 발행인으로 하는 잡지를 제안했다. 그것이 바로 〈네이처〉다. 〈네이처〉는 처음부터 토론을 작정하고 만든 잡지였다. 물론 그 중심에는 찰스 다윈이 있다. 찰스 다윈의 글은 1869년부터 사망한 이듬해인 1883년까지 총 40편이 〈네이처〉에 발표되었다. 대부분 유전, 꽃, 수정, 그리고 본능의 기원에 관한 것이었다.

X클럽 주도로 만든 〈네이처〉가 다윈을 위한 것이기는 했지만 다윈을 옹호하기만을 위한 것은 아니었다. 실제로 X클럽 회원은 다윈과 많은 부분에서 충돌했다. 찰스 라이엘은 다윈에게 영감을 주어 진화론이 세상에 나오는 데 도움을 주었지만 정작 자신은 종이 변화한다는 다윈의 생각에 동의하지 않았다. 심지어 다윈의 불독 헉슬리마저 진화 속도에 대

해서는 다윈과 의견이 맞지 않았으며, 부모의 발달된 특성이 후손에게 전달된다는 다윈의 범생설에도 동의하지 않았다.

그럼에도 불구하고 그들은 찰스 다윈의 진화론을 논의할 공론의 장을 마련하기 위해 〈네이처〉를 창간했다. 그들은 다윈을 사랑했지만 다윈에 대한 권위주의에 빠지지 않았으며 그들의 중심은 다윈이 아니라 과학이었다.

〈네이처〉가 창간된 지 150년이 넘었지만 현실은 유감스럽다. 과학적 논의의 장이 되어야 할 〈네이처〉는 온갖 권위를 빨아들이는 블랙홀이 되었다. 현대의 최대 매거진인 SNS에서는 증거를 바탕으로 치열한 논리를 전개하는 대신 윌버포스식의 조롱*이 난무한다. 한 사람을 사랑한 나머지 그의 모든 언행에 동의하고, 한 사람이 미운 나머지 그의 모든 언행을 부인한다. 우리의 가슴에서 〈네이처〉의 창간 정신인 신뢰가 사라지고 권위주의만 남았다.

괴테는 마지막 문단에서 이렇게 말한다.

"나는 자연을 신뢰합니다. 그녀는 나를 꾸짖습니다. 하지

---

* 1860년 6월 30일 옥스퍼드대에서 윌버포스와 헉슬리가 한자리에 섰다. 교리 토론에 능했다는 뜻에서 '미꾸라지 샘(Soapy Sam)'이란 별명을 갖고 있던 윌버포스는 헉슬리에게 물었다. '당신이 원숭이의 자손이라고 주장한다면 그 조상은 할아버지 쪽입니까, 아니면 할머니 쪽입니까?' 곳곳에서 웃음이 터지자 헉슬리는 당당하게 '중요한 과학 토론을 단지 웃음거리로 만드는 데 자신의 재능을 쓰려는 인간보다는 차라리 원숭이를 할아버지로 삼겠습니다'라고 되받아쳤다. 〈'원숭이'로 조롱받았던 다윈 승패의 관건은 도덕성이었다. 2009.04.14., 중앙일보〉

만 결코 그녀의 작품을 미워하지는 않을 겁니다."

×

어린잎을
대하는 자세

고등학생 때 1학년 1학기 교과서에 나왔던 이양하 선생의 수필 〈신록예찬〉은 이렇게 시작한다.

"봄·여름·가을·겨울, 두루 사시四時를 두고, 자연이 우리에게 내리는 혜택에는 제한이 없다. 그러나 그 중에도 그 혜택을 가장 풍성히 아낌없이 내리는 시절은 봄과 여름이요, 그 중에도 그 혜택이 가장 아름답게 나타나는 것은 봄, 봄 가운데도 만산에 녹엽이 싹트는 이때일 것이다."

요즘은 봄이라고 하면 황사가 먼저 떠오르기는 하지만 그래도 봄은 여전히 연하고 투명한 초록의 계절이고 만물이 소생하는 생명의 계절이다.

"이즈음의 신록에는 우리의 마음에 참다운 기쁨과 위안을 주는 이상한 힘이 있는 듯하다. 신록을 대하고 있으면, 신록은 먼저 나의 눈을 씻고, 나의 머리를 씻고, 나의 가슴을 씻고, 다음에 나의 마음의 모든 구석구석을 하나하나 씻어낸다."

이양하 선생의 말이 아니더라도 신록新綠은 우리의 눈과 마음을 정화시킨다. 그런데 우리가 그냥 그렇게 느끼는 것일까, 아니면 신록에는 정말로 특별함이 있는 것일까. 과학은 거기에 대한 답을 찾았다.

2016년 2월 25일자 〈사이언스〉 표지에는 키 큰 나무가 빼곡한 아마존 비숲雨林 사진이 실렸다. 아마존 비숲은 밀림이니까 검은 그림자를 만들어내는 진녹색 한 가지일 것 같지만, 쏟아져 들어오는 아침 햇살 때문인지는 몰라도 울창한 숲의 숲머리林冠는 〈신록예찬〉을 읽을 때 상상했던 바로 그 초록빛의 이파리들로 가득했다.

〈사이언스〉가 표지 기사로 삼은 논문의 제목은 〈아마존

상록수림의 계절별 광합성량을 설명하는 잎의 성장과 어린 잎 비율〉이다. 미국과 브라질 그리고 오스트레일리아 공동연구팀은 일 년 내내 울창한 아마존 비숲의 광합성 효율이 계절마다 다른 이유가 궁금했다. 광합성의 효율은 흡수하는 이산화탄소의 양을 측정하면 알 수 있다는데, 이상하게도 대부분의 생명이 견디기 힘들어하는 건기에 아마존 비숲은 오히려 광합성을 더 많이 했다.

그 이유에 대해 대부분의 과학자들은 건기에는 구름이 적고 비가 오지 않기 때문에 하늘이 맑아서 이파리들이 햇빛을 더 많이 받아들이거나 아니면 이때 이파리의 수가 더 늘어나기 때문이라고 생각했다. 그렇지만 연구팀은 이런 생각에 의심을 품었다. 의심을 품는 것이 바로 과학이며 그것을 해결하려는 사람이 바로 과학자다.

연구팀은 막연히 짐작만 하는 대신 측정을 하기로 했다. 아마존의 네 곳에 카메라를 달아서 숲머리의 이파리 색깔 변화를 관찰하고, 이산화탄소 측정 센서로 광합성량을 측정하였다. 그들이 발견한 사실은 간단했다. 건기가 되면 늙은 이파리는 떨어지고 새로운 이파리들이 재빨리 그 자리를 차지하면서 이산화탄소 흡수 효율이 높아진다. 이파리가 무성한 나무보다 여린 이파리가 많은 나무가 광합성을 더 많이 한다는 것이다.

이 발견은 열대 비숲이 지구온난화에 반응하는 방식을 이해하는 모델을 바꾸었다. 아마존의 비숲이 1년 내내 초록빛을 잃지 않고 지구의 허파 노릇을 할 수 있는 까닭은 건기에 광합성을 유지하기 위해 더 많은 이파리, 더 튼튼한 이파리로 무장해서가 아니라, 힘든 시기가 오면 늙은 이파리를 떨궈내고 그 자리에 신록의 이파리들을 틔우기 때문인 것이다.

"유년에는 유년의 아름다움이 있고, 장년에는 장년의 아름다움이 있어, 취사하고 선택할 여지가 없지마는, 신록에 있어서도 가장 아름다운 것은 역시 이즈음과 같은 그의 청춘시대 ― 움 가운데 숨어 있던 잎의 하나하나가 모두 형태를 갖추어 완전한 잎이 되는 동시에, 처음 태양의 세례를 받아 청신하고 발랄한 담록을 띠는 시절이라 하겠다."

이양하 선생이 1937년 발표한 수필 〈신록예찬〉은 2016년 〈사이언스〉에 실린 논문의 신록예찬과 일맥상통한다. 그리고 2016년 사이언스에 이파리에 대한 논문이 발표된 바로 그 시점에 우리나라 국회에서는 '필리버스터'라고 하는 전대미문의 대국민 퍼포먼스가 벌어졌다. 그 많은 의원들의 이름을 다 기억할 수는 없지만 초반에 등장하여 단순히 시간을 끄는 게 아니라 국민에게 테러 방지법을 반대하는 이유를 논리적으로 설명함으로써 전 국민의 관심을 불러일으킨 의원들은 김광진, 은수미, 박원석, 김제남, 김용익 의원 등 대부분 초선이었던 것 같다. 국민들의 관심에서 멀어졌던 야당에게 새로운 생명의 기운을 북돋운 의원들은 노련한 정치 5단, 정치 9단들이 아니라 지역구도 갖지 못한 초선 비례대표 의원들이었다. 이들이야말로 야당의 신록이다.

필리버스터는 국회의 신록일지도 모르겠다. 여당과 야당이 번갈아가면서 철마다 필리버스터를 한다면 국회는 아마존 비숲처럼 우리 삶을 풍성하게 해 줄 것이다.

✳

내 북극성은
누구인가?

 "와! 수백만 개의 별을 본 적이 있어요!" 이런 말을 하는 분들은 사막을 다녀오신 게 분명하다. 별 보기에 사막만큼 좋은 곳이 없다. 인공적인 빛과 습기가 극히 적은 넓은 하늘이 펼쳐져 있기 때문이다. 그런데 말이다. 아무리 조건이 좋은 곳이라고 하더라도 '맨눈'으로 볼 수 있는 별은 기껏해야 2,000개 정도다. 시인이 아니라면 "와! 수천 개의 별을 본 적이 있어요!"라고 하자.

 높은 산의 천문대에 가봤자 망원경으로 별을 볼 수 있는 확률은 3분의 1 정도인 것 같다. 우리나라 날씨가 천문 애호

지혜로워지기

가에게 친화적이지가 않다. 또 망원경으로 본다고 별이 더 크게 보이는 것도 아니다. 많이 보이기는 한다. 천문대 해설사 선생님은 별자리를 옮겨가면서 별자리 신화를 미끼로 천체물리를 알려주신다. 듣는 이에게는 천체물리보다는 별자리 이야기가 더 흥미롭다. "어떻게 그 많은 별자리를 다 아세요?"라고 물었더니 겨우 88개라고 한다. 우리나라에서 보이는 것은 그 가운데 60개다. 그리고 어느 특정한 순간에 볼 수 있는 별자리는 고작 20여 개 정도다.

20개 정도라면 외울 수 있을 것 같기도 하다. 구구단도 외웠고 20가지 아미노산 구조도 암기했는데 못할 것도 없을 것 같다. 이미 알고 있는 별자리도 있다. 사각형 안에 허리띠 모양의 별 세 개가 들어 있는 오리온자리, 시간에 따라 방향이 바뀌는 W자 모양의 카시오페이아자리, 그리고 국자 모양의 북두칠성…. 앗! 그런데 북두칠성은 별자리가 아니란다. 별자리는 88개 안에 그런 별자리는 없다.

아니, 온 지구인들이 다 아는 북두칠성이 그깟 별자리 지위 하나 얻지 못했다니, 이게 말이 되는가! 억울하지만 어쩔 수 없다. 북두칠성은 큰곰자리의 일부일 뿐이다. 뭐 어떤가, 그래도 우리가 밤하늘에서 방향을 알려면 북극성(폴라리스)을 찾아야 하고, 북극성을 찾으려면 북두칠성을 찾아야 하니까 말이다.

그런데 놀랄 일이 또 있다. "아닙니다. 2등성입니다." 북
반구에 살고 있는 모든 이들, 태평양과 대서양 그리고 인도
양을 건너던 모험가들에게 방향을 알려주는 지표였던 북극
성은 당연히 하늘에서 가장 빛나는 별이어야 하는데 1등성
이 아니라 2등성이란다. 실망의 연속이다.

별의 밝기는 0등급, 1등급, 2등급, 3등급처럼 등급을 매
긴다. 숫자가 작을수록 밝은 별이고 각 등급 사이의 밝기 차
이는 약 2.5배다. 그러니까 0등성과 5등성은 밝기 차이가 대
략 100배가 난다. 0등성과 1등성은 합해서 21개뿐이다. 가장
쉽게 찾을 수 있는 북극성이 속한 2등성은 50개 정도다. 3등
성도 150개뿐이다. 그러니 0~3등성은 우리가 맨눈으로 볼
수 있는 별 가운데 밝기가 상위 10퍼센트에 해당하는 것이
다. 북극성이 2등성이라는 사실에 만족하자.

더 중요한 사실이 있다. 0등성이니 5등성이니 하는 것은
모두 우리가 보기에 그렇다는 것이지 실제 밝기와는 아무런
상관이 없다. 아무리 밝은 별이라도 멀리 있으면 어둡게 보
이고 아무리 어두운 별이라도 가까이 있으면 밝게 보이는 것
이다. 오리온자리에서 가장 밝은 별인 리겔과 네 번째 밝은
별인 민타카는 모두 흰색 별이다. 표면 온도가 같은 별이라

고 보면 된다. 그런데 리겔은 0등성, 민타카는 2등성이다. 이유는 거리 때문이다. 민타카는 리겔보다 3배나 멀리 있다.

가까운 게 밝게 보인다. 당장 밤하늘을 보시라. 가장 밝은 천체는 달이다. 스스로 빛을 내지 못하는 금성과 화성 같은 행성이 훨씬 밝게 보인다. 아무리 밝은 별도 멀리 있으면 흐리게 보인다. 별도 아닌, 행성도 아닌 달도 가까이 있어서 밝게 보인다.

혹시 삶의 지표가 되는 북극성 같은 인물이 있는가? 사실 별 볼 일 없는 사람일 수도 있다. 그저 나와 가깝기 때문에 그렇게 느껴지는 것이 아닐까. 시대가 바뀌면 북극을 가리키는 북극성도 바뀐다. 플라톤 시절에는 코카브가 북극성이었고 2,000년 후에는 투반이 북극성이 된다. 우리는 별자리로 방향을 찾아야 하는 양치기나 항해자가 아니다. 우리는 21세기에 살고 있다. 오늘 내 북극성은 누구인가, 어디에 있는가?

신생아 사망률이
낮은 이유

　　　　　　호모 사피엔스만 없다면 이 지
구가 평화로울 거라고 믿는 사람이 많다. 실제로 그럴지도
모른다. 하지만 내가 없는데 지구, 자연, 우주가 무슨 의미
가 있겠는가? 호모 사피엔스가 있으니 우주는 자기 나이가
138억 살이라는 것도 알고 꽃과 동물도 이름을 얻지 않았는
가. 호모 사피엔스의 탄생이야말로 우주가 누리는 최고의 복
이다.

　　호모 사피엔스의 위대함은 진화의 결과다. 뇌의 회로는
다른 동물에서는 찾아볼 수 없을 정도로 복잡하고 그 크기는

절대적으로 크다. 커다란 뇌 덕분에 우리는 우주의 기원을 연구하고 세탁기도 발명했다. 좋은 점이 있으면 나쁜 점도 있는 법. 커다란 뇌는 출산의 고통을 낳았다. 뇌가 커지는 만큼 아기가 통과하는 산모의 회음부가 커지지 않았기 때문이다. 출산 시 아기가 통과하는 동안 산모의 회음부는 심각한 손상을 입는다.

불과 200년 전까지만 해도 산모 네 명 가운데 한 명이 산욕열_{産褥熱}로 죽었다. 출산 직후부터 체온이 오르다가 열흘 안에 사망하는 병이다. 왕비들도 예외가 아니었다. 영국 에드워드 6세의 어머니와 단종의 어머니 현덕왕후가 그렇게 산욕열로 죽었다. 산모들을 산욕열의 위험에서 벗어나게 하는 것이 산부인과 의사들의 오랜 소망이었다.

1847년 부다페스트 출신의 독일 의사 이그나즈 제멜바이스가 어처구니없어 보이는 제안을 했다. "아기를 받기 전에 손을 씻으라"라는 것이다. 의사들이 손을 씻으면 산모가 산욕열로 죽을 일이 없을 것이라는 주장이었다. 몇몇 병원은 그의 말을 따랐다. 산욕열로 인한 사망률이 18퍼센트에서 1퍼센트로 줄었다. 그렇다면 이 처방은 널리 퍼져나갔을까? 대부분의 의사는 따르지 않았다. "정원사가 손에 묻은 흙을 더럽다고 여기지 않듯이, 의사가 손에 묻은 피를 더럽다고 여길 수는 없다"는 게 그 이유였다. 의사들은 뭔가 묻어 있는 손을 근면의 상징으로 삼았다. 제멜바이스는 병원에서 쫓겨났고 산모들은 여전히 산욕열로 죽어나갔다.

이제 우리는 산욕열이 생기는 과정을 쉽게 짐작할 수 있다. 상처가 난 회음부에 의사 손에 묻어 있던 세균이 침입하여 감염을 일으켰기 때문이라고 말이다. 요즘 산욕열로 죽는 산모가 거의 없는 까닭은 의사뿐만 아니라 모든 사람이 산모와 아기를 만지기 전에 손을 열심히 씻기 때문이다. 그렇다면 손 씻기도 기념해야 하지 않을까?

5월 5일, 10월 9일, 12월 25일이 무슨 날인지 다 안다. 우리 풍습과는 아무런 관련이 없는 2월 14일과 10월 31일마저도 이젠 웬만한 사람이면 그날 벌어지는 온갖 장면을 이해해준다. 물론 모든 사람이 이 날을 기다리는 건 아니다. 오히려 이런 기념일 때문에 괴롭고 서러울 지경인 사람들도 꽤 많다. 이런 날들을 모르고 안 챙기면 사회 생활에 문제가 생길지는 몰라도 우리 생명과는 아무런 상관이 없다. 하지만 이제 꼭 기억해야 할 날이 있다.

10월 15일이다. 무슨 날일까? 무려 '세계 손 씻기의 날World Handwashing Day'이다. 이름에 '세계'가 붙었다고 해서 유네스코나 세계 보건 기구가 정한 날이라고 지레짐작하지는 마시라. 미국 질병 통제 예방 센터가 정한 날이다. 미국 사람들이야 로컬에 불과한 자기네 야구 경기를 '월드 리그'라고 부르는 자들이니 그러려니 한다. 하지만 뜻이 가상하여 2008년부터 10월 15일에 전 세계적으로 손 씻기 캠페인을 벌이고 있다.

지금은 19세기가 아니라 21세기다. 하지만 매일 2,000명이 넘는 어린이가 감기와 설사 같은 감염 질병으로 목숨을 잃는다. 독감 예방 주사와 항생제보다 더 간단한 예방법이 있다. 바로 손 씻기다. 지하철 화장실을 수십 년째 이용하고 있지만 최근에야 처음으로 줄을 서서 손을 씻었다. 신종 코로나 바이러스 감염증 때문에 다들 열심히 손을 씻는 것이다. 다행이다.

화장실에서 볼일을 본 후 손을 씻지 않는 사람들이 있다. 왜 안 씻느냐고 물으면 "내 손에 안 묻었잖아"라고 대답한다. 화장실에서 볼일 본 후 손을 씻는 까닭은 뭐가 묻어서가 아니라 한두 시간에 한 번씩은 손을 씻어야 하기 때문이다. 손을 씻겠다고 일하다가 화장실에 갈 수 없으니, 이왕 화장실에 간 김에 손을 씻자는 것이다. 손을 씻을 때 30초는 씻어야 한다. 손을 씻으면서 생일 축하 노래나 동요 〈비행기〉를 두 번 부르면 된다.

의사들은 자신만을 위해 손을 씻는 게 아니다. 우리가 손을 씻는 것 역시 나만을 위한 게 아니라 가족과 이웃 그리고 우리의 반려동물을 위해서다. 우리는 손을 씻어야 한다. 왜? 호모 사피엔스니까. 큰 뇌와 깨끗한 손은 동전의 양면이다. 무릇 만물의 영장이라면 손을 씻자. 항상 기뻐하면서, 쉬지 말고, 범사에 기도하듯이 손을 씻자. 아예 더 나가서 1년 중 어떤 주를 '세계 손 씻기 특별 주간'으로 정하면 어떨까?

✕

지구를 위해
노는 법

'놀토'라는 말을 기억하시는
가? '노는 토요일'이라는 뜻이다. 물론 비공식적인 용어다.
정식 명칭은 토요 휴업일. 놀토가 있다는 것은 학교에 가는
토요일도 있다는 뜻이다. '공토' 또는 '학토'라고 불렀다. 놀
토라는 말은 시나브로 잊혀졌다.

지금이야 토요일은 당연히 쉬는 날이지만 놀랍게도 불과
몇 년 전만 해도 토요일에도 출근했다. 믿기 어렵겠지만 우
리나라가 성공적으로 월드컵을 치러냈던 2002년에도 우리
는 토요일에 직장에 출근하고 학교에 갔다. 공공기관에서 주

5일제가 시작된 건 2004년 7월의 일이다.

다시 한번 놀랄 일인데 토요일은 아직도 휴일이 아니다. 달력을 보시라. 일요일은 빨간 날이지만 토요일은 파란 날이다. 굳이 월~금요일과 다른 색으로 토요일을 표시한 까닭은 예전에 토요일은 반공일이었기 때문이다. 웬만한 직장은 오전에만 근무하는 날이었다는 뜻이다. 토요일은 공식적으로 휴일은 아니지만 공휴일이다. 딱히 공휴일이 '공무원의 휴일'을 줄인 말은 아닐 테지만 실제로는 그런 셈이다.

학생은 공무원이 아니니 토요일에 학교에 나오라고 한다고 해서 뭐라고 할 일이 아니었다. 하지만 교사는 상당수가 공무원이다. 따라서 토요일에 쉬어야 했다. 공공기관에 주 5일제 근무가 도입된 이듬해인 2005년 3월에야 넷째 토요일에 수업을 쉬는 놀토가 도입되었다. 이듬해인 2006년부터는 짝수 주, 그러니까 둘째와 넷째 주 토요일에 쉬었다. 격주로 쉬는 것 같지만 그게 아니다. 다섯 주가 있는 달이 넉 달이나 있기 때문이다.

학생뿐만 아니라 교사도 힘들었다. 다섯째 주 토요일에 학교에 갔는데 바로 다음 주가 첫 번째 주여서 또 학교에 가야 했으니 말이다. 학교 교사인 우리 교회 성가대 지휘자는 다섯째 주가 있는 달이 없어졌으면 좋겠다고 하소연했다. 달력을 바꿀 수는 없지만 아주 간단한 방법은 있었다. 홀수 주에 쉬는 것이다. 하지만 공부를 먼저 하고 다음에 쉬어야지, 먼저 쉬고 다음에 학교에 가는 제도를 만드는 게 마음에 걸렸던 것 같다.

학교에서 주5일제 수업이 시작된 것은 2012년의 일이다. 이제야 놀토와 놀토가 아닌 주를 구분할 필요가 없어졌다. 그러니까 2012년에 취학한 2004년생부터는 놀토라는 말을 들어본 적이 없을 것이다. 그러고 보니 2004년은 놀라운 해다. 부모들에게는 주5일제 근무가 도입되었고, 이 해에 태어난 아이들은 주5일제 수업을 시작했으니 말이다.

2004년 설날 아버지는 떡국을 드시면서 나라 걱정을 하셨다. 이제 나라가 망하게 생겼다고 하셨다. 안 망했다. 아마 아버지가 살아계셨다면 2012년 설날에도 아버지는 만둣국을 드시면서 나라 걱정을 하셨을 것이다. 이제 우리나라 아이들은 멍청이가 되게 생겼다고 말이다. 아이들은 더 건강해졌다.

코로나19 사태를 겪으면서 우리는 스스로 새로운 가능성을 발견하고 있다. 은퇴를 앞두신 노교수님들도 불과 3주 만에 온라인 강의에 익숙해지셨다. 심지어 온라인 강의가 더 편하다는 말씀도 하신다. 수 년간 온라인 강의를 추진해온 대학 당국으로서는 반가운 일이다. 대학에 들어간 둘째 딸아이도 이미 온라인 강의에 익숙해졌다. 온라인 수업의 특징은 엄청난 양의 과제다. 이게 맞다. 대학에 가서까지 교수님에게 일일이 배우는 것은 아니지 않은가. 과제를 해나가면서 스스로 공부하는 게 올바른 대학 교육일 것이다.

초중고등학교도 마찬가지다. 순식간에 방송 시스템이 갖추어졌고 정상 운영 중이다. 가끔 잘 안 되는 경우도 있지만 그것은 오프라인 강의에서도 마찬가지다. 어쩔 수 없이 재택근무를 시행한 기업들도 마찬가지다. 해보니 생산성이 떨어지지 않았다. 노동자의 입장에서도 불편함이 있었지만 출퇴근 시간을 아끼는 장점도 컸다. 우리가 덜 움직이니 환경도 살아나기 시작한다.

뉴노멀이란 말이 낯설지 않다. 사무실의 크기를 줄이고 출퇴근 시간을 줄일 수 있지 않을까? 학교부터 시작해보면 어떨까? '놀수'를 만들어보는 것이다. 수요일에는 학교에 모이지 말자. 이번에 갈고닦은 온라인 강의 기술을 버리기 아깝지 않은가. 수요일에는 온라인으로 아이들을 만나자. 그러다가 어느 때부터인가 수요일에는 아이들을 그냥 쉬게 하자. 월요일과 목요일은 학교에서 수업하고, 화요일과 금요일은 온라인으로 수업하고, 수요일엔 집에서 과제를 하는 날로 하는 것은 어떨까?

처음에는 많은 문제가 있을 것이다. 당장 아이들 점심 식사부터 걱정이다. 해결방법은 얼마든지 있다. 아이들에게 도시락을 배달해주든지 아니면 바우처를 지급해서 각자 동네에서 점심을 사먹게 해도 된다. 직장 생활을 해야 하는 부모의 고민도 사회적으로 해결하자. 각자 일하는 시간을 줄이고 일자리는 더 많이 만드는 게 당장 해야 할 일이니 말이다.

놀토를 만들 때 걱정했던 일들은 지금 일어나고 있지 않다. 그러니 놀수를 만든다고 해서 무슨 일이 생길 것 같지도 않다. 높아지는 생산성 때문에 일자리는 줄어들 수밖에 없는 현실에서 놀수를 진지하게 고려해봐야 할 때가 아닐까? 한술 더 떠보자.

세계 소행성의 날

"서북쪽 하늘을 수직으로 낙하하는 파란 불빛이 보였다. 이윽고 하늘이 둘로 갈라지면서 거대한 검은 구름이 피어올랐고 잠시 후 천지를 진동시키는 큰 소리로 인해 모두들 심판의 날이 온 것으로 생각해 저마다 무릎을 꿇고 기도를 하기 시작했다."

이 목격담을 듣고, 순간 6,600만 년 전 지름 10제곱킬로미터짜리 거대한 운석이 멕시코 유카탄 반도에 충돌하는 장면을 전하는 티라노사우루스나 트리케라톱스를 상상했다. 그런데 자세히 읽어보면 운석이 지구에 충돌하기 전에 공중에서 폭발한 것으로 보인다. 6,600만 년 전의 공룡이 아니라 최근에 사람들이 목격한 장면이다. 1908년 6월 30일 현지 시간 오전 7시 17분, 시베리아 퉁구스카 강 유역의 숲에서 운석이 폭발했고, 시베리아 중앙에 있는 작은 마을의 사람들은 목격담을 털어놓았다. 커다란 불덩어리가 서쪽에서 동쪽으로 날아오면서 폭발했다고 한다. 불덩어리의 정체는 무엇일까? 혜성, 소행성, 유성, 별똥별, 운석….

우선 혜성은 확실히 아니다. 혜성은 얼음으로 된 작은 천체로, 긴 타원 궤도를 그리며 태양 주변을 공전한다. 혜성은 지구 따위에는 관심이 없다. 소행성은 주로 화성과 목성 사이에서 태양 궤도를 선회하는데, 가끔 지구 궤도 안으로 진입하기도 한다. 태양계에는 수억 개의 소행성이 있다. 혜성이나 소행성의 부스러기가 지구로 돌진하는 것을 유성이라고 한다. 별똥별이 바로 유성이다. 모래알만 한 것에서부터 수백 미터까지 그 크기는 다양한데, 지표면 90킬로미터 상공에서부터 불에 타기 시작한다. 유성 가운데 일부는 모두 타지 않고 땅에 떨어지기도 하는데 그걸 운석이라고 한다.

그렇다면 1908년 퉁구스카 공중에서 폭발한 천체의 정체는 무엇일까? 처음에는 소행성이었다. 작은 소행성이었든지 아니면 소행성의 부스러기였다. 이게 지구의 중력에 이끌려

다가오다가 지구 대기에 의해 불에 타기 시작했다. 유성, 즉 별똥별이 된 것이다. 그런데 큰 덩어리는 지표면까지 도달하지 않았다. 하지만 폭발 잔해는 작은 운석으로 지표면에서 운명을 마무리했다.

퉁구스카 유역의 숲은 사람이 사는 곳이 아니다. 하지만 그곳에서 일어난 사건을 전 세계 사람들이 알아챈 까닭은 폭발의 규모가 워낙 컸기 때문이다. 450킬로미터 떨어진 곳에서 달리던 열차가 전복됐고 수백 킬로미터 바깥에서도 검은 구름이 보였다. 2,150제곱킬로미터에 걸쳐서 약 8,000만 그루의 나무가 쓰러졌고 15킬로미터 떨어진 곳에서 방목되던 순록 1,500마리가 죽었다. 1,500킬로미터 떨어진 마을의 집 유리창이 깨졌다. 당시 한밤중이던 런던과 스톡홀름은 신문을 읽을 수 있을 정도로 밝아졌다. 섬광 때문이 아니라 낙진에 반사된 햇빛 때문이었다. 하지만 인명 피해는 없었다.

이런 경천동지驚天動地할 사건에 정작 러시아 정부는 관심이 없었다. 아니 관심을 가질 여력이 없었다. 러시아의 차르 니콜라이 2세는 무능했으며, 라스푸틴을 비롯한 간신배들의 국정 농단으로 국민의 분노는 하늘을 찌르고 있었다. 게다가 러일전쟁에서 패한 지 채 3년이 지나지 않았을 때였다. 러시아가 망하고 소련이 세워진 다음에야 과학 조사단이 꾸려졌다. 13년이나 지난 1921년의 일이었다. 1929년에는 유성이 대기권을 통과하던 중에 용해되었다가 공중에서 폭발하여 쪼개진 작은 조각이 지구에 충돌한 후 다시 굳어서 작은 공 모양이 된 운석이 발견되었다.

그 후 과학자들은 1908년 6월 30일의 사건을 재구성했다. 지름 80미터의 비교적 큰 천체가 시속 25~40킬로미터의 속도로 대기권에 진입하였다. 퉁구스카 상공 8킬로미터 상공에서 폭발하였는데, 이때 폭발 에너지 위력은 히로시마 원자폭탄 1,000개와 맞먹는다.

6,600만 년 전의 소행성 충돌, 1908년의 퉁구스카 유성 폭발 같은 사건이 과연 과거만의 일일까? 만약 퉁구스카 유성 폭발이 대도시 상공에서 일어난다면, 아니 소행성이 충돌한다면 어떤 일이 일어날까? 현대 과학은 지구로 날아오는 소행성을 발견하면 그 방향을 바꿀 방책을 가지고 있다. 문제는 지구에 위협이 되는 지름 40미터급 소행성 100만 개 가운데 단 1퍼센트만 우리가 알고 있다는 것이다. 현재는 지구에 위협이 되는 소행성을 매년 1,000개씩 찾아내고 있다. 우리나라에서는 한국 천문 연구원의 외계 행성 탐색 시스템이 그 역할을 맡고 있다. 과학자들은 그 수를 100배는 늘려야 한다고 생각한다. 그래야 10년 안에 100만 개를 다 찾을 수

있기 때문이다.

그래서 지난 2015년부터 6월 30일을 세계 소행성의 날로 기념하고 있다. 중력파 발견으로 노벨상을 받은 킵 쏜 박사, 리처드 도킨스, 생태학자 최재천, 록 밴드 퀸의 기타리스트 브라이언 메이, 만화가 윤태호 등이 제안한 날이다. 매년 세계 소행성의 날에 세계 각국에서 소행성에 관한 강연을 비롯한 다양한 행사가 펼쳐진다. 이번 주말에는 과학관을 한번 찾아보는 게 어떨까? 굳이 과학에 대한 호기심 때문이 아니라도 인류의 안위를 걱정하는 마음으로 말이다.

✕

화성에서
비행하기

나는 하늘을 날지 못한다. 날개가 없다. 게다가 힘도 없다. 그렇다면 힘센 코뿔소에게 날개를 달아주면 날 수 있을까? 천만에! 우리가 날지 못하는 가장 큰 이유는 무겁기 때문이다. 날개와 힘은 그다음 문제다.

인간은 꿈을 반드시 이루는 생명체이다. 최대한 가벼운 물질로 밀도를 낮추고, 날개를 달고, 강력한 엔진을 단 비행기를 만들어 마침내 비행에 성공했다. 1903년 12월 17일의 일이다. 미국의 라이트 형제가 만든 동력 비행기 플라이어 1호가 바로 그 주인공이다. 그들의 최초의 비행은 장엄했을까? 첫 번째 비행에서는 12초 동안 36미터를 날았다. 59초 동안 260미터를 비행한 게 이날 최고 기록이었다. 아무도 이 숫자를 하찮게 여기지 않았다. 중요한 것은 하늘을 날았다는 사실이니까.

2021년 4월 19일의 일이다. 헬리콥터가 초속 1미터의 속도로 3미터까지 상승해서 30초간 정지 비행한 후 착륙했다. 과학자들과 공학자들은 이 장면을 보면서 환호했다. "와! 화성에서 헬리곱터가 떠올랐다!" 나는 눈물이 핑 돌았다.

이 헬리콥터는 가로, 세로, 높이가 모두 14센티미터이고 1.1미터짜리 날개가 2개 달린 작은 드론 같은 것이다. 당연히 사람도 태우지 못한다. 단지 2개의 카메라가 달려 있을 뿐이다. 헬리콥터의 이름은 인제뉴어티(Ingenuity, 독창성). 2020년 7월 20일에 발사된 아틀라스 V 로켓에 실려 2021년 2월 28일에 화성에 안착한 화성 탐사 로버*인 퍼서비어런스(Perseverance, 인내)에 매달려 화성에 왔다.

이 조그마한 헬리콥터 제작에 무려 260억 원이나 들었다. 아니, 왜 이리 돈이 많이 들고 과학자와 공학자들은 이 기계에 환호했을까? 커다란 새와 비행기가 하늘을 활공하는 이

---

* 화성 표면을 자동차처럼 운행하며 탐사하는 자동차형 로봇으로 현재 6대 만이 성공적으로 운용되었다.

유는 공기가 받쳐주기 때문이며 배가 가라앉지 않고 떠 있는 이유는 물이 받쳐주고 있기 때문이다.

인제뉴어티가 비행한 화성에는 공기가 거의 없다. 공기 밀도가 지구의 100분의 1밖에 되지 않는다. 공중에 뜨는 게 지구에서보다 100배는 어렵다는 뜻이다. 어떻게 해야 할까? 엄청나게 가볍게 만들고 로터**는 엄청나게 빨리 돌아야 한다. 그러면서도 튼튼하게 만들어야 한다. 인제뉴어티는 기술 혁신의 집합체이다. 플라이어 1호 비행 성공 후 겨우 120년 만에 일어난 일이다. 2021년 4월 19일 정도는 기억해야 한다. 역사적인 날이니까. 나는 4·19혁명 61주년 기념일이라고 외우기로 했다.

퍼서비어런스 이전에도 화성 탐사 로버는 여러 대가 있었다. 소저너, 스피릿, 오퍼튜니티, 큐리오시티, 인사이트가 그것이다. 극한 환경에서도 화성 지질, 내부 구조 그리고 대기 특성을 분석하고 화성에서 물의 흔적과 얼음을 발견하는 성과를 냈지만 모두 이동 속도와 활동 반경에 한계가 있었다. 부드러운 흙에 빠져서 몇 달간 빠져나오지 못하는 경우도 있었고, 태양 발전판에 먼지가 쌓여서 전력이 고갈되기도

** 회전 운동을 담당하는 기계 부품으로 헬리콥터 경우, 회전하는 부분 전체를 말한다.

했다.

인제뉴어티는 우주 탐사의 새로운 장을 열었다. 앞으로 하루에 세 번씩 비행하면서 로버에게 탐사할 곳을 알려주고 자료를 받아서 지구에 전송하는 역할을 할 것이다. 또 로버가 갈 수 없는 험하고 먼 곳도 직접 탐사할 것이다. 인제뉴어티의 성공은 라이트 형제의 성공만큼이나 값지다. 이 프로젝트를 이끈 여성 공학자 미미 앙 박사에게 진심으로 경의를 표한다. 그리고 함께 기뻐한다.

수영장에서는
설사하지 말자

"수영장에서 오줌 누면 주변 물 색깔이 변할 수 있으니 주의하라." 외국의 호텔 수영장에서 가끔 볼 수 있는 거짓말이다. 그런 화학약품은 이 세상에 없다. 설령 개발된다고 하더라도 그걸 사용할 수영장은 없을 것이다.

길이 25미터, 6레인, 깊이 1.4미터의 동네 수영장에는 대략 53만 리터의 물이 들어 있다. 여기에 누가 350밀리리터 정도의 오줌을 누면 어떻게 될까? 0.000067% 오줌물이 된다. 사실상 0%라고 볼 수 있다. 그렇다고 해서 "음, 별거 아니네"라고 생각하고 오줌을 누면 안 된다는 것은 상식이다.

성인 가운데 19%는 인생 중 한 번은 수영장에서 소변을 본 적이 있다고 한다. 하지만 여전히 수영장을 이용하는 것은 그래도 자신의 건강에 이상이 없을 거라는 생각 때문이다. 실제 측정해보니 동네 수영장에는 대략 48리터의 오줌이 있다. 부피비로 계산하면 0.01% 오줌물이다. 우와! 생각보다 많다. 오줌에 색깔이 변하는 화학약품이 개발되고 이 약품 사용이 의무화된다면 동네 수영장은 모두 문을 닫아야 할 것이다.

그럼 만약에 누가 수영장에서 설사를 하면 어떻게 될까? 설사는 증상에 따라 그 양이 다르지만 대략 1리터라고 해보자. 누가 수영장에서 설사를 하면 수영장 물은 0.00019% 설사물이 된다. 마찬가지로 사실상 0%다. 수영장 물을 조금 삼켜도 해로울 것 같지는 않다. 하지만 누군가 설사를 한다면 모든 이용객들은 기겁하고 물에서 나올 것이다.

요즘 과학이 고생이 많다. 내 생각은 다르지만 국무총리가 핵 처리수라고 하자고 외치니 일단 그렇게 불러본다. 그런데 정말 처리됐을까? 이것은 일본 정부의 주장이다. 우리까지 그렇게 쓰는 것은 과학적인 태도가 아니다. 왜? 과학은 데이터로 말하는 것이다. 어떤 외국 과학자들도 핵 처리수에 대해 스스로 측정한 데이터를 가지고 있지 않다. 일본 정부가 일방적으로 제공하는 숫자만 가지고 있을 뿐이다.

홍익인간 인성 교육을 하는 어느 도사는 대략 "과학은 우리가 할 일이 아니고, 서양에서 열심히 해 놓은 보고서를 읽기만 해도 우리는 벌써 과학자"라는 말을 했다. 미안하지만 과학은 남이 만들어 놓은 데이터를 읽고 믿는 게 아니다. 데이터가 없으니 우리는 어느 게 과학적인지 판단할 방법이 없다. 그러니 핵처리수 배출에 대해 과학자들의 의견을 묻는 일은 소용없다.

일본의 핵처리수 배출을 두고 어떤 태도를 갖는 게 과학적일까? 공자님 말씀대로 하는 것이다. 명심보감에 호신불호학好信不好學 기폐야적其蔽也賊이라 했다. 배우지 아니하고, 즉 의심하고 질문하지 않고 무턱대고 믿기만을 좋아하면 남을 해치는 폐단이 된다는 것이다.

설사 핵 오염수라고 해도 그 넓은 바다에 나누어 버리는데 뭐가 문제가 될까? 산수로 계산해 보면 티도 나지 않는다. 그런데 세상에 바닷물을 마시는 사람이 있나? 바닷물이 아니라 거기에서 나오는 해산물을 먹는다. 방사성 물질은 먹이사슬을 통해 결국 언젠가는 우리에게 오게 되어 있다.

여기서 잠깐! 당장 해산물을 먹지 말라는 말이 아니다.

먹이 사슬을 통해 우리까지 오려면 아직 멀었다. 시간이 한참 남았다. 일단은 안심하고 드시라. 어떻게 하면 안심할 수 있을까? 산수로 설명해야 할까? 아니다 상식적으로 안심시켜야 한다. 왜 인근 국가들이 일본 해산물 수입을 금지하겠는가? 국민이 안심하고 해산물을 먹게 함으로써 자국 어민을 보호하기 위해서다. 우리나라 어민도 보호받아야 한다.

수영장에서 오줌을 누거나 설사를 하는 건 과학적으로 따져서 안 되는 일이 아니라 상식적으로 안 되는 일이다. "누가 설사를 했으니 그 수영장 물에서는 수영을 할 수 없소"라는 이용객에게 "과학적으로 따져보니 아무런 문제가 없소"라고 주장하는 수영장 주인은 그렇다치고 "1＋1은 100[*]이라는 괴담을 퍼뜨리는 짓은 하지 마시오"라고 다그치는 옆집 빵가게 아저씨는 고등학교 국어 교과가 얼마나 중요한지 알려주는 좋은 사례다.

우리나라는 2012년부터 가축 분뇨 해양 투기를 금지하고 있다. 돼지 똥도 바다에 안 버리는 게 상식인 세상이다. 괜히 과학을 힘들게 하지 말고 상식대로 하자.

[*] 윤석열 대통령은 2023년 8월 28일 저녁 인천국제공항공사 인재개발원에서 열린 '국민의힘 2023 국회의원 연찬회'에 참석해 "이번에 후쿠시마, 거기에 대해서 나오는 거 보라"며 "도대체가 과학이라고 하는 건 (없고), 1 더하기 1을 100이라고 하는 사람들"이라고 말했다.

✕

민달팽이를
대하는 태도

나는 탈핵주의자가 아니다. 영원히 해결하지 못할 핵폐기물 문제가 있지만 아직 수명이 다하지 않은 멀쩡한 원자력 발전소 문을 닫자는 데는 눈꼽만큼도 동의하지 않는다. 원자력 발전소는 탈탄소 정책에도 필요한 요소라고 생각한다.

그렇다고 해서 기후 위기 극복을 위해 새로운 원자력발전소를 짓자는 데는 찬성하지 않는다. 무엇보다도 한가하게 원자력 발전소나 짓고 있을 시간이 우리에게는 없기 때문이다. 핵폐기물 처리는 둘째치고라도 이미 태양광이나 풍력 발전보다도 드는 비용이 비싸기 때문에 실효성도 이젠 없다. 더 큰 문제는 지을 곳이 없다는 것이다. 원자력 발전을 찬성하는 사람도 자기 동네에 원자력 발전소를 짓는 것은 대부분 반대한다. 아무리 좋아도 국민이 싫어하면 못 하는 것이다.

우리나라 원자력 발전소도 아니고 12년 전에 일본 도후쿠 대지진의 여파로 일어난 원자력 발전소 사고로 생긴 문제로 제법 시끄럽다. 실제로 방사성 오염수를 방출하면 수산물을 먹을 수 없게 되고 우리 건강에 해로운 문제가 생길까? 이럴 때는 먼저 숫자로 따져보게 된다. 일본은 기준치보다 1만 배나 높은 방사성 오염수를 무려 100만 톤이나 방출하지만 100만 톤보다 1000만 배쯤 큰 태평양 바다의 엄청난 부피를 생각하면 결국 기준치의 1000분의 1로 줄어든다. 산수로 하면 간단하다.

하지만 우리의 감정은 산수로 해결되지 않는다. 바퀴벌레도 아니고 귀여운 흰배추나비 애벌레를 보고도 기겁하는 사람이 있다. 그렇다고 해서 그 사람에게 "야, 이 바보야! 저 애벌레가 널 잡아먹겠냐?" 하고 소리쳐야 아무 소용이 없다. 내 딸은 용감하고 동물들을 좋아하지만 민달팽이가 있는 길은 지나가지 못한다. 무섭단다. 나는 이해할 수 없지만 그렇다고 해서 야단친다고 해결되는 일은 아니다.

산수 좀 한다는 사람이 이럴 때 실수한다. 영국에서 왔다는 모 석학(?)은 "내 앞에 희석되지 않은 후쿠시마 물 1리터가 있다면 바로 마실 수 있다"더니 집권당 간담회에서는 "10리터도 마실 수 있다"며 기염을 토했다. 한마디로 말하면 "너희는 산수도 못 하냐?"쯤 될 것이다. 걱정이 넘치는 사람들 앞에서 하는 조롱으로 보인다.

그렇다면 이 문제를 어떻게 해결해야 할까? 제일 간단한 방법은 일본이 계속 자기 땅에 보관하는 것이다. 일본도 사정은 있기 마련이라 안전성을 강조하면서 배출하기로 했다. 그러나 그 안전성은 단지 산수의 결과다. 그런데 산수는 애벌레나 민달팽이보다 힘이 없다. 그 힘을 키우는 방법이 있다. 각 나라 과학자들을 초대하고 그들이 투명하게 다 돌아다니면서 원하는 곳에서 원하는 샘플을 채취하고 분석하게 하면 된다. 다들 문제를 그렇게 푼다. 문제가 생기기 전에 먼저 그렇게 하는 게 상식이다.

무서움과 함께 주권이라는 요소도 생각해야 한다. 성주에 사드가 배치되었다고 해서 성주 참외를 피한 적이 있다. 광우병 파동 때는 미국산 소고기를 안 먹었다(지금은 둘 다 즐겨 먹는다). 왜 그랬을까? 미국의 대중국 방어망을 짓기 위해 주민의 의사와는 상관없이 땅을 내주어야 했고, 미국 소고기 시장을 위해 우리나라 검역 주권이 침해되었다는 감정 때문이었다.

검증단, 시찰단 또는 유람단, 뭐라고 불러야 할지 모를 정체불명의 사람들이 일본에 갔다. 보도에 따르면 그들이 할 수 있는 실효적인 조치는 아무 것도 없다. 그리고 그들이 다녀와서 낼 보고서는 뻔하다. 나는 또 주권이 침해되었다고 느낀다.

산수 좀 한다는 사람에게 한마디 하고 싶다. 당신들은 자신이 합리적이라고 생각할 것이다. 하지만 실제 측정 데이터 없이 책상에서 이론과 추론으로 하는 이야기를 합리성이라고 포장하면 안 된다. 전혀 과학적인 태도가 아니다. 시료 채취에 비협조적인 일본의 태도에서 그들의 주장을 의심하는 것이 오히려 합리적이다.

일본이 배출하는 방사성 오염수에 대한 걱정을 이야기하면 가짜 뉴스라고 공격하는 공무원, 정치인, 과학자가 있었다. 그러면 안 된다. 시민들의 걱정을 없애주어야 한다. 그러라고 월급 주는 거다. 민달팽이를 무서워하는 딸을 야단치는 대신 앞서 가면서 민달팽이를 치워주는 게 함께 산책에 나선 아빠가 할 일이 아닌가.

✕

과학자의 대화법

1632년 갈릴레오 갈릴레이는 『대화: 천동설과 지동설, 두 체계에 대하여』라는 책을 출판했다. 실험 과학자 갈릴레이는 아리스토텔레스 학파와 가톨릭 교회 성직자들을 반대편에 두고 세계관 대결을 벌이고 있었는데 이 책은 그 대결의 결정판이라고 할 수 있다.

그의 책 '대화'에는 살비아티, 심플리치오, 사그레도라는 세 사람이 등장한다. 살비아티는 지동설 주의자다. 그는 코페르니쿠스와 갈릴레이 자신을 상징한다. 심플리치오는 천동설 주의자다. 당연히 아리스토텔레스는 아니다. 그의 추종

자일 뿐이다. 시대도 다를 뿐더러 당시는 아리스토텔레스를 직접 비판하면 '나쁜 놈'이라는 비난을 피할 수 없는 시대였기 때문이다. 그리고 사그레도는 둘 사이에서 공정한 사회를 보는 사회자다.

토론에서 가장 중요한 역할을 하는 사람은 사회자다. 우리는 토론 사회자라고 하면 대통령 선거 토론회 사회자를 먼저 떠올린다. 이때 사회자의 역할은 시간 배분에 그친다. "A 후보 5분 말씀하셨으니 이제 그만하시고 B후보 말씀하십시오." 그런데 사회자의 진짜 역할은 시간 배분이 아니다. 토론할 때 말을 장황하게 하는 사람이 있고 간단히 말하는 사람이 있는 법인데 그걸 그저 시간으로 나누는 게 무슨 대단한 일이겠는가.

사회자의 진짜 역할은 정리다. A가 뭔가 장황하게 설명했다. 청중도 못알아듣고 B도 못알아듣는다면 토론이 이어질 수 없다. 이때 사회자가 "A님의 주장은 이러저러해서 이러저러한 것입니다"라고 정리해 주고 "여기에 대해서 B님은 어떻게 생각하십니까?"라고 토론을 이어가게 만들어주는 역할을 해야 한다.

'대화'에서 반복되는 토론의 틀은 의외로 단순하다. 심플리치오가 아리스토텔레스를 비롯한 천동설 주의자들의 이론을 장황하게 설명한다. 천동설 이론이 장황한 이유는 간단하다. 사실이 아닌 것을 설명하려니 장황할 수밖에 없다. 이때 사회자의 역할이 필요하다. 그렇다면 사그레도는 이 역할을 잘했을까? 썩 그렇지는 않다. 심플리치오가 얼마나 장황하게 말하는지 사회자인 사그레도조차도 제대로 이해하지 못하기 때문이다.

그렇다고 해서 사그레도의 역할이 사라지지는 않았다. 그는 중요한 역할을 하는데, 바로 "모른다"고 말하는 것을 거리끼지 않는 것이다. 심플리치오의 말이 끝나면 사그레도는 살비아티에게 하소연한다. "살비아티, 나는 심플리치오가 뭐라고 하는지 하나도 못 알아듣겠어."라고 말이다. 이 "모른다"는 말로부터 이들의 대화는 시작된다. 예를 들면 이런 식이다.

"음, 그러니까 아리스토텔레스 선생님의 주장은 천체는 완벽하고 매끄럽고 지구는 거칠다는 거잖아요." 간단히 정리했다. 그리고 칭찬이 이어진다. "와! 아리스토텔레스 선생님은 정말 대단하세요. 저는 망원경이 있잖아요. 망원경으로 보니까 금성도 매끈해 보이고 목성도 매끈해 보이더라고요. 그런데 그 옛날에 아리스토텔레스 선생님은 망원경도 없이 그걸 어떻게 아셨을까요? 우리는 그의 통찰력을 배워야

해요.” 자기 선생님의 칭찬을 들은 심플리치오는 살비아티에 대한 호감지수가 높아졌다. 이때 살짝 상처를 준다. “그런데 말입니다. 제가 망원경으로 달을 봤어요. 그런데 그림자가 있더라고요. 그림자가 있다는 뜻은 뭡니까? 높낮이가 있다는 뜻이잖아요. 저도 아리스토텔레스 선생님처럼 천체들은 매끈하다고 생각하지만 적어도 달만큼은 쟁반처럼 매끄러운 것은 아닌 것 같아요.” 자기 의견을 피력한 다음에는 다시 칭찬으로 마무리한다. “그래도 우리는 아리스토텔레스 선생님에게 배울 게 많아요. 그의 제자가 되고 싶어요.”라고 말이다.

'정리-칭찬-공격-칭찬'은 이후 과학자들의 대화법이 되었다. 정리는 상대방의 뜻을 오해하지 않았다는 것을 확인하는 과정이고 칭찬은 그의 업적을 인정한다는 뜻이며, 그럼에도 불구하고 공격할 요소가 있었고, 또 그럼에도 불구하고 당신은 훌륭하니 같이 잘해보자는 뜻이다.

그런데 이 방식이 굳이 과학자의 대화법으로만 그쳐야 할까? 길거리에 널려 있는 플래카드에서 그리고 시사 토론 프로그램에서 격조 있는 표현과 대화를 보고 싶다. 조금만 더 명랑한 사회를 만들어보자.

✳

11월의 신부와
신랑에게

11월의 신부님과 신랑님, 양가 친척 가운데 꼭 한소리하는 분들이 계실 겁니다. 왜 멀쩡한 가을 놔두고 겨울에 결혼하냐고 말입니다. 몰라서 하는 말입니다. 우리나라 겨울은 12월에 시작합니다. 심지어 1980년대에도 겨울은 11월 27일 이후에야 시작됐습니다. 그러니 두 분은 가을의 신부, 신랑입니다.

혹시 결혼 당일 겨울만큼 추웠을 수는 있습니다. 이때 누군가는 말하겠지요. "이 추운 날 결혼을 했으니 앞으로 너희 인생에는 따뜻한 날만 계속될 거야." 속지 마십시오. 이게 시작일지도 모릅니다.

두 분은 하늘이 맺어준 운명의 짝일까요? 천만에요. 모든 것은 우연이었습니다. 137억 년 전 빅뱅으로 우주가 탄생할 때, 그 이후의 생명의 탄생마저 예정된 것은 아니었습니다. 21억 년 전 진핵생물*이 등장하면서 유성 생식이라는 방식이 확정된 것도 아니었습니다. 250만 년 전 오스트랄로피테쿠스 아파렌시스가 화산재 위를 두 발로 걸을 때, 언젠가는 아프리카 바깥에서 호모 사피엔스가 걸어다닐지 아무도 몰랐습니다.

우연에 우연을 거듭하다 거의 비슷한 시기와 공간에서 두 분이 자랐습니다. 그러다가 하필 두 분이 만났습니다. 두 분의 만남은 우주가 정한 운명이 아니라 순전히 우연입니다(노사연의 노래에 넘어가지 마세요). 무수히 많은 경우의 수 가운데 하나일 뿐이라는 겁니다. 그러니 운명처럼 느낄 만큼 서로에게 잘하려고 노력해야 합니다.

사랑이란 결국 호르몬의 작용입니다. 세로토닌의 효과는 기껏해야 3년입니다. 두 분의 눈에 씌인 콩깍지가 곧 벗겨집니다. 이때부터는 의리로 살아야 합니다. 남들도 다 그렇게

---

* 세포 구조가 핵막이 있는 핵과 세포 소기관을 가진 세포로 이루어진 생물을 뜻한다. 생물을 분류하는 최상위 계통으로, 현재의 다세포 생물 중 대다수가 진핵생물이다.

삽니다. 의리는 복종으로 생기는 게 아닙니다. 서로를 용납하는 것으로부터 스며나오는 것이죠.

무엇보다 두 분이 서로에게 시간과 공간 그리고 돈을 허락하기를 권합니다. 하루 종일 같이 붙어 있지 마십시오. 각자의 공간에서 각자의 시간을 즐기기 바랍니다. 이때 꼭 필요한 게 돈입니다. 시간과 공간은 어떻게 양해가 되는데 돈은 쉽지 않더라고요. 그러니 일단 열심히 일해서 많이 버세요. 그래야 편히 각자 쓸 돈이 생깁니다.

신랑은 잘 들으세요. 뭘 하고 싶을 때, 어디에 가고 싶을 때, 뭔가를 사고 싶을 때, 아내에게 허락받으려 하지 마십시오. 아무리 갖은 애를 써도 어차피 잘 허락하지 않습니다. 혹시 허락 받는다고 하더라도 이때 써야 하는 노력과 시간, 에너지가 너무 큽니다. 허락 받는 것은 포기하십시오. 그냥 용서를 받으세요. 아내는 허락은 잘 안 해줘도 용서는 잘 해줍니다. 사랑은 허락하지 않습니다. 용서합니다.

사랑은 항상 아슬아슬합니다. 그 스릴을 즐기십시오. 스릴을 즐기기 위해서 꼭 필요한 게 있습니다. 바로 긴장입니다. 결혼 생활은 긴장의 연속입니다. 몸이 하나가 된다고 해서 마음까지 하나가 되는 것은 결코 아닙니다. 연애할 때보다 긴장을 더 많이 해야 합니다. 정신 바짝 차려야 합니다.

두 분의 삶은 거저 이뤄지지 않았습니다. 가장 결정적인 마지막 한 방은 두 분 자신이 날렸겠지만 여기에 이르기까지 가족과 사회가 좋은 환경을 제공했다는 사실을 잊지 마십시오. 원래 그런 것입니다. 앞 세대는 다음 세대에게 자원을 모두 쏟습니다. 새와 산짐승도 그러하고 하다못해 벌레들도 마찬가지입니다. 그것이 자연의 이치거든요.

두 분의 자원도 다음 세대로 전달되면 됩니다. 지구 생태계가 두 분에게 원하는 것이 그것입니다. 바로 번식이죠. 두 분의 건강한 두 유전자가 짝을 이루어 새로운 조합의 건강한 후손이 태어난다는 것은 지구 생태계에 커다란 복입니다. 두 분에게서 건강한 후손이 많이 태어나기를 바랍니다. 두 분에게서 새로운 우연의 기회가 많이 만들어지기 바랍니다.

칼리 지브란은 신전의 두 기둥처럼 사랑하라고 했습니다. 신전의 두 기둥은 나란히 서 있습니다. 그 사이로는 자유로운 바람이 오고 갑니다. 기둥이 가까워지다 못해 하나로 포개진다면 신전은 무너지고 말 것입니다. 뜨겁게 사랑하되 두 사람 사이에는 바람이 통할 공간이 필요합니다. 각자에게 시간과 공간을 허락하시기 바랍니다.

11월에 결혼하는 두 분은 가을의 신부와 신랑입니다.

과학자여,
출마하라!

10월 초만 되면 가슴 졸이던 시절이 있었다. 노벨상 수상자 발표에 과연 한국 사람 이름이 나올까봐 가슴을 졸인 게 아니었다. 그런 건 기대도 하지 않았으니까. 라디오 방송에서 노벨상 해설 방송을 해달라는 전화를 받을까봐 걱정했다. 방송에 출연해서 제대로 설명도 못할까봐 그런건 아니었다. 현대 위상 수학과 관련있는 2016년 노벨 물리학상만 빼면 노벨상 위원회 홈페이지 보도 자료만으로도 충분히 설명할 수 있었다.

이유는 방송 작가의 어처구니 없는 요구 때문이었다. "초

등학생도 알기 쉽게 설명해주세요." 아니, 초등학생도 알 만
한 내용에 누가 노벨상을 주겠는가! 아무튼 방송에 나가서
설명을 마칠 무렵이면 꼭 듣는 질문이 있었다. "그렇다면 우
리는 언제 노벨상을 받을까요?" (아니, 2000년 노벨평화상은 기억
하지 못하는가!) 내 대답은 한결같았다. "앞으로 15년 동안 못
받습니다." 그러면 되묻는다. "왜요? 사람이 없나요? 돈이 없
나요?" 당시 내 대답은 "사람도 있고 돈도 있는데 실패의 경
험이 없기 때문"이라는 것이었다.

만약에 2022년 10월에 우리나라는 언제 노벨상을 받을
까 하는 질문을 받았다면 10년 안에는 반드시 받는다고 대답
했을 것이다. 그 전 5년 동안 실패해도 되는 문화와 예산이
과학계에 생겼기 때문이다. 그렇다면 올해 10월에 같은 질문
을 받는다면 뭐라고 할까? 어쩌면 15년 안에도 못 받을지 모
른다고 대답할 것이다.

'R&D 예산 6,500억 증액'* 한심한 플래카드다. 빨간색
플래카드를 보면서는 몰염치, 파란색 플래카드를 보면서는
무관심이라는 세 글자가 떠올랐다. 누구나 아는 이야기다.

---

* 2024년의 예산안에 대해 당초 정부는 전년대비 무려 5조 2천억 원을 삭감하려 했다.
하지만 과학계와 대중의 발발하자 정부는 삭감규모를 전년대비 4조 6천억 원으로 소
폭 수정했다. 결과적으로 전년대비 크게 줄어들었음에도 주요 언론에서는 'R&D 예산
6천억 증액'이라고 제목을 붙였다.

6,500억이 늘어난 게 아니라 4조 6천 억이 사라진 것이다. 그 깟 몇 푼 줄었다고 이 난리냐고?

사라진 4조 6천억 원은 뭘까? 분야별로 따질 게 없다. 결국 일자리다. 그것도 신진 과학자들의 일자리다. 내년, 내후년에는 회복될 거라는 희망도 없다. 앞으로 과학계 예산은 매년 0.7%만 올릴 계획이라는 이야기도 들린다. 이젠 돈이 없다. 돈이 없으면 사람도 없어진다. 시니어 과학자들은 한순간 울분을 토하면 그만이지만 주니어 과학자들은 놀든지 다른 일을 찾든지 딴 나라로 가야 한다.

인공위성을 개발하는 한 여성 과학자가 말했다. "알아서 잘 해주겠지, 이렇게 생각하며 회피한 결과로 연구개발 예산 삭감이라는 철퇴를 맞은 것입니다." 안일하게 굴다 철퇴를 맞을 수 있다. 문제는 맞은 다음에도 입을 꾹 다물고 있었다는 것이다. 강남에 커다란 건물을 갖고 있는 과학기술 단체 건물에 플래카드가 붙었다는 말은 못들었다. 학교 이름이 ST로 끝나는 대학 총장 가운데 그 누가 항의했다는 소리도 못들었다. 심지어 국책 연구소의 시니어 과학자들도 입꾹이다.

현 정치계가 이 문제를 해결하기를 바라는 것은 바라기 어려운 일이다. 당장 일자리를 잃을 주니어 과학자들은 이 문제에 대한 책임도 없고 문제를 해결한 틈도 없다. 시니어 과학자들이 책임질 문제다. 어떻게? 출마하시라! 은퇴한 과학자들이 나서면 안 될까? 정치는 노후 생활이 아니다! 지금 하고 있는 연구는 어떻게 하고? 때려치시라! 과학의 기반이 무너지고 있는데, 후배들은 연구할 기회도 없는데 무슨 한가한 연구 타령인가.

과학자로서 최전성기에 있는 과학자들이 나서야 한다. 연구 인생을 걸고 나서야 한다. 후배들에 대한 부끄러움, 정치권에 대한 분노, 자신에 대한 처절한 반성으로 가슴이 끓는 과학자들이 정치권에 나서야 한다. 국회에 가서 다 때려부수라는 것 아니다. 우리나라는 법치 국가다. 법을 만들어라. 과학 혁신 법안을 만들어서 최소 재정의 5%를 연구 개발비로 책정하게 하라. 5%라고 해봐야 2024년 예산과 견주면 33조 원이다. 예전보다 더 달라는 것 아니다. 딱 그만큼만 하라는 것이다.

한 나라의 과학 수준은 주니어 과학자들이 결정한다. 이젠 어처구니없게도 노벨상을 꿈꾸는 게 아니라 다시 시스템을 회복해야 할 상황이다. 한번 무너진 연구 시스템이 회복되려면 최소 5년은 걸린다. 새출발이다. 과학자를 국회에 보내는 것으로 첫걸음을 내딛자. 실패하면? 과학자는 실패가 두렵지 않다. 실패는 과학자의 일상이다.

나무로부터
배우는 것들

국립 과천 과학관에서 보이는 청계산은 흰 눈으로 덮여 있다. 그 아름다움을 나의 언어로는 형용할 수 없다. 더 아름다운 풍경은 눈 덮인 활엽수 가지 위에서 진행되고 있을 것이다. 딱 일주일 전에 보았다. 혜화동 국립어린이과학관 뒤뜰에서 '곧 봄이잖아!' 이런 생각이 들자마자 갑자기 안 보이던 게 보이기 시작했다. 바로 겨울눈冬芽이다.

식물이 계절을 대비한다니 참 대단하다. 어린 시절에는 이게 참 어려웠다. 왜 이파리가 떨어지는지 궁금했다. 내가 안 물어봤을 리가 없다. 어른들의 대답은 고작 "응, 가을이잖아. 겨울이 오기 전엔 이파리가 지는 거야"가 전부였다. 그런데, 내가 살던 여수에는 지천에 널린 게 동백이었다. 겨울에 이파리가 안 떨어지는 나무다. 겨울에도 매끈한 육질을 자랑한다. 심지어 붉은 꽃도 피운다.

'가을에 나무가 이파리를 떨구는 이유는 나뭇잎의 기공을 통해 수분이 증발하는 것을 막기 위한 것이다'라는 간단한 사실을 제대로 배운 건 대학에서 일반 생물학을 배울 때의 일이다. 요즘은 유치원생도 알고 있다. 모두 과학책과 과학관 덕분이다. 나는 억울하다. 내가 자랄 때는 과학관은커녕 과학책도 없었으니까.

유럽인들은 춘분(3월 21일)을 봄의 시작이라고 본다. 하지만 우리는 조금 더 과학적이다. 최저기온, 최고기온, 평균기온을 모두 합한 값이 15도 이하인 마지막 날을 봄의 시작일로 정한다. 예를 들어, 최저기온은 0도, 최고기온이 10도면 평균기온이 5도다. 0＋10＋5＝15이다. 이런 기온의 마지막 날이 봄의 시작일이다. 1974~2003년 30년 동안 평균을 내면 우리나라 봄은 3월 14일에 시작했다. 아인슈타인 박사의 생일이자 스티븐 호킹 박사의 기일에 봄이 시작한다니 좀 멋지지 않은가?

3월이 됐으니 식물들도 슬슬 봄맞이 준비를 시작할까? 아니다. 나무들은 가을에 벌써 봄맞이 준비를 한다. 뜰에 나가서 목련을 보시라. 꼭 꽃봉오리처럼 생긴 작은 돌기들이 달려 있다. 겨울눈이다. 목련의 겨울눈 껍질에는 가느다란 솜털이 잔뜩 달려 있다. 이건 뭘 뜻하는 걸까? 겨울을 났다는 뜻이다. 겨울눈은 솜털로 추위를 견뎌내고 수분의 증발을 막는다. 바닷바람이 센 바닷가에서 자라는 동백의 겨울눈은 단단한 비늘로 싸여 있다.

나무는 가장 풍요로운 계절에 이파리를 떨군다. 여름 내내 강한 햇빛으로 열심히 광합성을 하면서 가지를 늘리고 키를 키우고 이파리를 풍성하게 했다. 그러면서 한편으로는 엄청난 양분을 열매에 저장해두었다. 열매는 나무가 겨울을 버티기 위해 양분을 저장해놓은 것이 아니다. 동물에게 주는 것이다. 열매를 먹고 먼 곳에 똥을 싸서 그곳에서 씨앗이 움트기를 기대하는 것이다. 나무는 다음 해에도 살아야 한다. 그래서 여름부터 꽃눈과 잎눈을 만들기 시작한다. 그게 늦가을에야 완성되는 것이다.

이제 겨울도 끄트머리가 보인다. 우리도 목련처럼 봄을 맞을 자격이 있다. 겨울눈에서 꽃망울을 터뜨려야 되지 않겠는가.

모순과 사이비,
그리고 백신

　　중학교 입학 후 첫 수업은 한문 시간이었다. 1번부터 앞으로 나가 칠판에 자기 이름을 한자로 써야 했는데 대부분 쓰지 못했고 그 벌로 매를 맞았다. 두려움에 떨던 나는 꾀를 냈다. 내가 아는 한자로 이름을 날조한 것이다. 李正毛(이정모)라고 말이다. 결과는 참혹했다. 毛(모) 자 때문에 들통이 났고 괘씸죄로 첫날부터 호되게 당했다. 그날 내 심정은 이랬다. '우씨, 가르치지도 않고 모른다고 때리면 어떻게 해! 삐뚤어질 테다.'

　　좋은 선생님이 계실 땐 한자가 재밌었다. 내게 좋은 선생님이란 때리지 않고 재밌는 이야기로 수업을 이끄는 분이다. 고등학교 윤리 시간에 배운 矛盾(모순) 같은 것이다. 글자는 단지 '창과 방패'를 뜻하지만 그 뒤에 있는 이야기가 재밌다. 창과 방패 장수가 "이 창은 아무리 튼튼한 방패도 뚫어버리는 괴력의 창입니다. 그리고 이 방패는 세상의 모든 창을 능히 막을 수 있죠"라며 떠벌릴 때 한 구경꾼이 "그러면 그 창으로 그 방패를 뚫으면 어떻게 되오?"라고 따진다. 모순은 앞뒤가 맞지 않는 말을 할 때 사용하는 일상어가 되었다.

내 마음은 모순투성이이다. 나는 한글만 쓰는 것을 찬성하지만 한자어를 좋아하기 때문이다. 결정적인 상황에서는 모순이 더 드러나는 법이다. 코로나19 백신 접종을 앞둔 때에 자주 목격했다. 한 친구가 백신을 안 맞겠다고 했다. "코로나 백신 위험하잖아. 맞고 죽은 사람도 있대. 난 안 맞을 거야."라고. 아니라고 한참 설명했더니 그 친구는 채 10분이 지나지도 않아 대뜸 "도대체 정부가 하는 게 뭐야? 백신 확보도 못 하고. K-방역이라고? 웃기지 말라고 해!"라며 흥분한다. 둘 중 하나만 하면 좋겠다.

백신 접종률이 높은 나라는 이스라엘, 아랍에미리트, 칠레, 영국, 미국 순이다. 낮은 나라는 홍콩, 오스트레일리아, 한국, 뉴질랜드, 태국, 베트남, 대만 순이다. 보시다시피 공통점이 있다. 접종률이 높은 나라는 코로나19로 인한 사망자가 세계 평균 이상으로 높은 나라이고, 접종률이 낮은 나라는 방역이 잘되어 피해가 적은 나라다. 전 세계적으로 백신 공급이 충분하지 않은 상황에서 코로나19 상황을 통제하지 못하는 나라에 백신이 먼저 공급되는 것은 어쩌면 당연한 일 같다.

'K-방역이 오히려 독이 됐다'는 제목의 기사를 봤다. "아니, 왜 방역을 잘해서 백신 접종이 늦어지게 하는 거야!" 정도의 투정이다. 방역의 목적이 상태를 방치했다가 백신을 빨리 맞는 게 아니잖은가. 그런 식이라면 트럼프 전 미국 대통령은 노벨상을 받아야 한다. 백신에 대한 내 친구의 태도는 그야말로 모순이다.

似而非(사이비) 역시 윤리 선생님이 가르쳐주신 재밌는 한자이다. '비슷하지만 아니다'라는 뜻이다. 이 한자어가 재밌는 건 그 뒤에 공자 이야기가 있기 때문이다. 공자는 가장 이상적인 인간상으로 군자君子를 뽑았다. 반면 향원鄕原 같은 무리는 '덕의 적'이라며 멀리했다. 향원은 자기 기준 없이 강한 쪽의 편만 들고 겉으로만 현명한 척, 솔직한 척하며 인기를 얻으려 해 세상의 덕을 어지럽히므로 "惡似而非者(오사이비자, 비슷하지만 아닌 것을 싫어한다)"라고 한 것이다.

백신을 두고 전문가와 다르게 이야기하는 분들이 가끔 돋보인다. 이분들이 평소에 흠잡을 데 없는 훌륭한 분들이라는 게 문제다. 뛰어난 면역 학자도 있고 한국 사회에 날선 비판으로 빛과 소금의 역할을 하던 칼럼니스트도 있다. 모순과 사이비의 또 다른 용례가 될 것 같다. 참, 내 이름은 한자로 李庭模(이정모)이다. 선생님, 이걸 배우지 않고 어떻게 씁니까!

✕

바 험벅!

        몇 년째 연말이면 한국일보사 16층을 방문한다. 〈한국일보〉가 1960년에 제정한 한국 출판문화상 수상작을 고르기 위해서다. 매년 초에 시상하는 이 상은 이제 61회를 맞았다. 무수히 많은 상이 명멸하는 동안 60년 넘게 이어왔다니, 〈한국일보〉는 참 꾸준한 신문이다. 〈한국일보〉에서 더 꾸준한 게 있으니 그것은 1954년 창간한 해부터 지금까지 정식 연재되고 있는 만화다. 'TV 마당' 면 아래에 가로로 연재되는 세 칸짜리 만화 '블론디'가 바로 그것. 제목은 블론디이지만 그녀가 등장하지 않는 날이 많다.

블론디보다는 그의 남편인 대그우드가 더 많이 나온다.

이 만화는 미국에서는 1930년에 시작되었다. 1901년생 칙 영이 1930년 경제공황기에 신문 연재를 시작했고, 그가 죽자 아들인 1938년생 딘 영이 연재를 계속하고 있다. 요즘 연재에는 작가 이름이 딘 영과 존 마셜로 되어 있는 것으로 보아 딘 영이 죽어도 만화는 계속될 것 같다. 그야말로 결말이 보이지 않는 만화다.

〈한국일보〉독자라면 새벽마다 블론디와 대그우드가 아들과 딸, 대그우드 회사 사장, 카풀 동료들 또는 동네 꼬마, 그리고 우편 집배원과 주고받는 이야기를 볼 것이다. 사실 만화가 아주 재밌지는 않다. 우리나라 시사 만화들이 주는 청량감이나 촌철살인의 아이디어는 볼 수 없다. 그냥 평범한 일상 이야기다. 그래서 오래가는 것인지도 모른다. 그런데도 계속 보게 되는 것은 중독성 때문이다. 오늘은 대그우드가 무슨 허튼짓을 할지 궁금하다. 그러면서 조금씩 영어 공부를 하게 된다. 2019년 12월 21일자 만화는 두 칸짜리였다.

눈이 잔뜩 내리는 날이다. 첫 번째 칸에서 대그우드는 크리스마스 카드를 잔뜩 배달하는 집배원 아저씨 비즐리에게 "Season's Greetings!"라고 인사한다. 그 칸 밑에는 "즐거운 명절 되세요"라는 번역문이 달려 있다. 뭐, 이 정도는 나도 안다. 두 번째와 세 번째 칸을 통으로 튼 널찍한 두 번째 칸에서 집배원 아저씨는 혼잣말을 한다. "Bah, Humbug!" 이게 도대체 무슨 말인가? 한때 영어 번역가로 일했던 나도 들어본 적이 없는 말이다. 딱 봐도 정상적인 영어가 아니다. 이럴 때를 위해 번역문이 있는 것이다. 과연 번역문에는 뭐라고 되어 있을까? "바, 험벅!" 이게 뭐냐!

〈한국일보〉는 친절한 신문이다. 그 아래에 상세한 해설을 달아놨다. "찰스 디킨스의 소설 〈크리스마스 캐럴〉의 주인공 스크루지 영감이 말한 대사로 유명하며, 크리스마스에 관련된 모든 것들이 마음에 들지 않아 내는 감탄의 표현"이라고 한다. 크리스마스 카드 때문에 업무량이 늘어난 집배원의 입장에서 할 수 있는 감탄사다.

나는 이 만화를 페이스북 담벼락에 게시하면서 이 만화가 무슨 뜻인지 알겠냐고 페이스북 친구들에게 물었다. 댓글을 단 사람들 가운데 "바, 험벅!"이 어디에서 온 말인지 아는 사람은 한 명뿐이었지만 모든 사람들이 만화의 내용을 정확히 이해했다. 그렇다면 "바, 험벅!"은 괜찮은 감탄사인 것 같다. 느낌이 살아 있다. 이 만화를 본 후 우연히 미국 드라마에서 이 대사를 들었다. "바, 험벅!"

비슷한 영어 표현이 있다. "오케이, 부머OK, Boomer!" 25세의 뉴질랜드 의원이 의회 연설 중 자신의 발언을 방해하려는 나이 많은 의원을 향해 한 치의 머뭇거림도 없이 심드렁하게 내뱉은 말이다. 그가 처음 만든 말은 아니고 2019년경부터 폭발적으로 인기를 끌고 있는 말이다. 여기서 부머란 베이비붐 세대를 말한다는 점에서 우리가 사용하는 '꼰대'와는 다르다.

꼰대는 아버지 또는 나이 많은 남자 선생님을 뜻하는 은어다. 그 대상이 직장 상사에게까지 확장되면서 이제는 여자 꼰대도 생겨났다. 나는 정작 학교에 다닐 때는 꼰대라는 말을 쓰지 못했다. 타고난 모범생이 쓸 수 있는 말이 아니다. 선생님을 존경하지는 못할지언정 비속어로 된 멸칭으로 부를 수는 없다. 그리고 사실 모범생에게는 꼰대가 잘 보이지 않는다. 그런데 이제는 정말 많이 보인다. 그 꼰대들이 내 동료가 되었기 때문이다. 어느새 나도 꼰대가 되어 있을 거라는 불안감이 커졌다.

이 와중에 이름만 보면 〈한국일보〉 자매지처럼 보이는 〈○○일보〉의 논설위원이 〈너는 늙어봤냐, 나는 젊어봤단다〉란 칼럼을 써서 화제다. 그는 칼럼 말미에 "다만 '늙은 꼰대가 타고 있어요' 같은 스티커는 사양한다"고 했다. 그런 스티커로는 감정을 표현할 수 없다. 이유가 있다. 논설위원은 18세부터 선거권을 주자는 게 싫단다. 특별한 근거는 없고 그냥 싫다고 한다. 이 정도면 그냥 꼰대에 불과하지만 그는 더 나간다. 투표의 4대 원칙(보통·평등·직접·비밀)도 바꾸자고 한다. 헌법과 민주주의의 기본 원칙마저 무시한다. 이 정도면 그냥 꼰대라고 표현할 수 없다. 내가 아는 한국어로는 표현하기 어렵다. 그렇다고 해서 부머인 내가 "오케이, 부머"라고 할 수도 없다. 그래서 이번에 배운 말을 쓴다. "바, 험벅!"

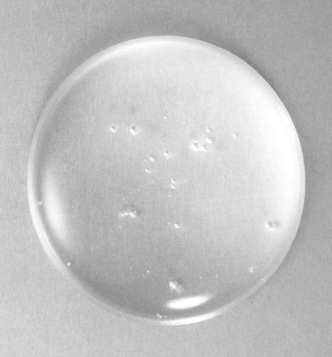

4장

상식 발견하기

✕

카페인과
미국 독립전쟁

"커피 마실래?"

"카페인은 몸에 안 좋아. 그냥 홍차 마셔."

"홍차에도 카페인 있어. 녹차로 해."

며칠 전 카페에서 목격한 대화 장면이다. 차례대로 딸–아빠–엄마의 이야기다.

카페인은 알칼로이드의 일종이다. 이름에서 알 수 있듯이 염기성(알칼리)인 경우가 많다. 알칼로이드는 탄소, 수소, 산소뿐만 아니라 질소가 기본적으로 포함되어 있다. 화학 물질이라면 일단 거부감을 느끼는 사람에게는 '알칼로이드'란 말

자체가 무시무시하게 들릴 수 있다. 따라서 카페인도 왠지 먹으면 안 될 것 같다. 하지만 DNA, RNA의 주요 성분인 구아닌과 아데닌 염기와 비슷한 물질이다. 미리 얘기하자면 미국 식품의약국(FDA)은 카페인을 '일반적으로 안전하다'고 인정한다. 성인에게 독성이 일어나려면 하루에 10그램은 먹어야 하는데, 커피 한 잔에 들어 있는 카페인은 0.05~0.40그램 정도니 연한 커피는 하루 200잔, 아무리 독한 커피라고 해도 25잔은 먹어야 문제가 된다.

아마도 대학생 딸은 카페인이 필요했던 것 같다. 공부나 업무에 지친 사람이 카페인을 섭취하면 정신이 들고 기분이 좋아지고 들뜨는 경험을 한다. 스트레스를 녹여주는 효과가 있는 것이다. 우리가 커피를 마시는 이유가 바로 이 각성 효과 때문이다.

아빠와 엄마가 딸에게 커피를 마시지 못하게 하는 이유는 분명하다. 카페인이 들어 있기 때문이다. 자신은 무시무시한 물질을 즐겨 먹더라도 자식에게는 권하고 싶지 않는 것이 어른의 당연한 마음이다.

카페인은 뇌로 가는 혈관을 수축시켜서 혈류량을 줄인다. 따라서 카페인을 지속적으로 섭취하다가 어느 날 그만두면 머리로 가는 혈류량이 늘어나서 두통이 생긴다. 또 카페인은 신경 전달 물질인 아데노신의 효과를 방해한다. 아데노신은 각성을 억제하고 잠이 잘 오게 하는 물질이다. 따라서 커피를 마시면 잠이 잘 오지 않는다. 이 효과 때문에 우리는 커피를 즐기기도 하고, 또 바로 이 이유 때문에 커피를 피하기도 한다.

아무리 생각해봐도 어린이와 청소년이 카페인을 섭취하는 것은 좋은 일이 아니다. 이들에게 커피는 좋지 않다. 하지만 카페인 때문에 커피 대신 홍차를 권하는 아빠의 처방은 썩 옳지 않다. 왜냐하면 홍차에도 1잔당 0.03그램 정도의 카페인이 들어 있기 때문이다. 그렇다면 엄마의 처방은 어떨까? 마찬가지다. 흔한 오해와 달리 녹차 안에도 카페인이 들어 있다(카페인은 사방에 널려 있다. 특히 콜라에는 홍차보다 더 많은 카페인이 들어 있다).

원래 홍차와 녹차는 같은 식물에서 나온다. 사과를 잘랐을 때 표면이 갈색으로 변하는 까닭은 공기 중의 산소와 만나서 산화되기 때문이다. 차도 마찬가지다. 수확한 찻잎이 숙성하면서 산화되어 검붉은 색의 홍차가 된다. 녹차가 초록색을 유지하는 이유는 산화 작용을 받지 못하기 때문이다. 방법은 간단하다. 찻잎을 따자마자 가열해서 산화 효소가 작용하지 못하게 망가뜨리는 것이다.

그런데 왜 홍차나 녹차를 마시면 커피를 마실 때만큼 각성효과가 일어나지 않는 것일까? 홍차에는 테아닌이 들어 있다. 테아닌은 정신적인 안정감을 주면서 카페인의 각성효과를 상대적으로 감소시킨다. 물론 테아닌도 너무 많이 섭취하면 정신과 몸에 나쁜 영향을 준다. 녹차에는 카테킨이 들어 있다. 카테킨은 녹차의 떫은맛을 내는 물질이다. 흔히 타닌이라고도 한다. 카테킨은 카페인의 흡수를 막아준다. 아직 카테킨의 부작용은 보고되지 않았다.

결과적으로 엄마의 판단이 상대적으로 옳았다. 녹차에도 카페인은 있지만 카페인의 부작용이 가장 적게 나타난다. 문제는 카페인의 각성 효과 역시 가장 적어서 딸의 필요를 전혀 충족시켜주지는 못한다는 것.

산업 혁명기 영국은 늘 수인성 질병이 문제였다. 노동자들은 물 대신 맥주를 마셨다. 하지만 맥주 안의 알코올이 골칫거리였다. 흐느적거리며 일할 수는 없는 노릇 아닌가. 이때 홍차가 눈에 들어왔다. 홍차에는 항균 성분이 있어서 펄펄 끓는 물로 우리지 않아도 수인성 질병의 위험에서 벗어날 수 있었다. 무엇보다도 카페인의 각성 효과가 매력적이었다.

영국의 차는 미국 독립 전쟁의 도화선이 되었다. 영국은 미국에 수출하는 차에 무거운 세금을 때렸다. 미국이 네덜란드를 통해 싼값에 홍차를 수입하자 영국은 법으로 이를 금지했다. 1773년 12월 분노한 미국인들은 영국 배를 기습하여 차 상자를 모조리 보스턴 항에 던져버렸다. 얼마나 많았던지 바닷물이 온통 붉은 홍차 색깔이 되었다. 영국도 가만히 있지 않았다. 1774년 영국은 보스턴 항을 폐쇄해버렸다. 그리고 1775년 미국 독립전쟁이 벌어졌다. 1776년 독립을 선언했고 1781년 마침내 영국이 항복했다. 영국에 반감이 생긴 미국인은 홍차 대신 커피를 즐기기 시작했다.

홍차와 미국 독립 전쟁은 일본의 경제 침탈에 맞서는 우리에게 시사점이 있다. 홍차를 버릴 때 걱정이 얼마나 많았을까? 그리고 커피 맛이 처음부터 좋았겠는가? 세상에 대체 불가능한 것은 자기 자신밖에 없다.

동지는
변하지 않는다

1992년 독일로 유학을 떠났다. 독일어 학원에서 알선해 준 어느 할머니 집에서 하숙했다. 좀 얄미운 분이었다. 내가 한꺼번에 지불한 석 달 치 하숙비로 비디오 플레이어를 구입하고서는 한참 자랑하셨다. 텔레비전 프로그램을 녹화할 수 있고 영화 비디오 테이프를 빌려다가 볼 수도 있는 신기한 장치라는 것이다. 독일 말을 잘할 줄 모르니 우리 집에도 비디오 플레이어쯤은 이미 몇 년 전부터 있었고 심지어 직접 찍는 비디오 카메라도 갖고 있다는 말을 당장 해주지는 못했다.

독일 사람들은 요오드 소금을 먹는다. 할머니가 한국 사람도 요오드 소금을 먹느냐고 물었다. 아니라고 했더니 불쌍한 표정을 지으면서 내 건강을 걱정하셨다. 당신들 독일 사람들에게야 요오드가 항상 부족하지만 우리는 미역과 다시마 같은 해초로 요오드를 충분히 섭취하기 때문에 그런 것은 필요 없다는 말도 하지 못했다. 독일어 실력이 달려도 많이 달렸다. 할머니에 대한 얄미운 감정이 점점 커졌다.

마침내 할머니에게 앙갚음할 일이 생겼다. 바르셀로나 올림픽이 한창일 때였다. 마라톤 경기 날을 잊지 않기 위해 달력에 표시를 해놓으려는데, 아뿔싸 방에 달력이 없는 것이다. 독일에 온 지 몇 주가 지나서 간단한 대화는 할 수 있을 때라 "할머니, 내 방에 달력이 없네요"라고 물었다.

"이봐 학생, 달력이 얼마나 비싼데 방마다 걸어 놓겠는가? 거실 벽에 있는 것을 보게나."

"어휴, 독일 사람 참 힘들게 사는군요. 한국은 방마다 달력이 있어요. 거의 예술작품이죠. 심지어 화장실에도 달력이 있다고요. 내가 이런 나라에 공부를 하러 왔다니, 참나…"

정말이다. 독일은 달력이 귀했다. 유학 중에는 달력 값이 폭락한 3월경에야 달력을 구하곤 했다. 그런데 지구와 태양 사이의 관계는 일정한데 왜 달력은 매년 바뀌어서 새로 구입

해야 하는 걸까. 달력에 근본적 한계가 있기 때문이다. 우리가 쓰는 달력은 지금으로부터 2065년 전 율리우스 카이사르가 만들고 1582년 로마 교황 그레고리우스 13세가 개혁한 것이다. 우리나라는 1896년부터 사용했다.

아무리 생각해도 달력은 불편하다. 한 달, 4분기, 2분기의 길이가 일정하지 않다. 경제 통계를 내는 데도 불편하다. 한 주가 두 달에 걸쳐 있는 경우가 대부분이다. 또 한 해의 첫날인 1월 1일의 요일이 매년 다르다. 그래서 매년 달력을 마련해야 한다. 게다가 새해 첫날인 1월 1일은 천문학적으로 아무런 의미가 없는 날이다.

역사상 수없이 많은 달력이 있었다. 이 모든 것들은 천문을 비롯한 자연 현상과 결부되어 있었다. 율리우스 달력의 기초가 된 이집트의 태양력에 따르면 나일강이 범람한 다음에 새해가 시작된다. 물론 당시의 역관들은 그때가 정확히 언제인지 백성들에게 알려주었다. 나일강이 범람하기 직전에 큰개자리의 별 시리우스가 태양보다 먼저 떠오른다는 사실을 알고 있었기 때문이다.

달력의 요일이 매년 바뀌는 까닭은 지구의 공전주기가 7의 배수로 맞아떨어지지 않기 때문이다. 달의 길이가 31일과 30일로 들쭉날쭉한 까닭은 태양과 지구가 인간의 형편을 봐줄 생각이 없기 때문이다. 정확히 360일에 한 바퀴 돌면 매달 30일로 일정할 텐데 그렇지가 못하다. 지구는 365.2422일에 태양을 한 바퀴 공전한다.

뜬금없이 2월의 날짜가 제일 적은 이유는 지금의 3월_{March}이 원래 새해의 시작 달이고 2월_{February}이 열두 번째 달이었기 때문이다. 원래 마지막 두 달이었던 January와 February가 처음 두 달이 되면서 March부터 December는 두 달씩 뒤로 밀려났다. 지금의 10월인 October는 원래는 여덟 번째 달이었다. 영어로 octopus인 문어의 다리가 8개인 것을 생각하면 October가 원래 여덟 번째 달이었다는 것을 이해할 수 있다.

March에 새해가 시작되었던 까닭은 낮과 밤의 길이가 같은 춘분(3월 21일)이 있는 달이기 때문이다. 이때부터 낮의 길이가 밤보다 더 길어지기 시작하고 들판의 식물들이 소생하는 달이니 새해로는 적격이었다.

프랑스 혁명 세력인 국민 의회는 1793년 1월 21일 프랑스 국왕 루이 16세를 단두대에서 처형하였다. 이어서 왕비 마리 앙투아네트를 처형하기 열하루 전인 1793년 10월 5일 새로운 달력을 발표했다. 프랑스 혁명력은 낮과 밤의 길이가 같은 추분(9월 22일)을 한 해의 시작으로 삼았다. 이 달력은 혁명의 실패와 동시에 사라진다. 가장 큰 문제는 일주일의 길이를 7일에서 10일로 바꾼 것이다. 10진법에 집착하느라 민중의 지지를 잃었다. 왕정의 압제 속에서도 6일 일하고 하루 쉴 수 있었던 민중들의 입장에서는 9일 일한 다음에야 겨우 하루 쉴 수 있게 되자 '내가 이러려고 혁명을 지지했는가…' 하는 자괴감이 들고 괴로웠을 것이다.

그런 점에서 보자면 동지가 새해의 출발로는 적격이었던 것 같다. 동지는 겨울冬이 이르렀다至는 뜻이다. 밤의 길이가 가장 긴 날이다. 밤이 가장 깊은 시간인 자정에 새로운 하루가 시작하는 것처럼 어둠이 가장 긴 날에 새해가 시작되니까 말이다.

그렇지 않아도 예전에는 동짓날이 들어 있는 음력 11월을 정월正月이라고 불렀으며 동지를 작은설이라고 했다. 동짓날 팥죽을 먹어야만 한 살 더 먹는다고 쳤다. 동지 팥죽에 나이만큼 새알심의 개수를 넣는 것도 같은 이유다. 그리고 동짓날 서당에 입학했다.

동지는 변하지 않는다. 매년 12월 22일이다. 2016년이나 2020년처럼 4로 나뉘는 해, 그러니까 윤년에만 12월 21일이다. 태양과 지구는 변함이 없지만 사람의 마음은 변하기 마련이다. 변화는 생명의 중요한 특징이다. 따라서 동지冬至는 변하지 않지만 동지同心는 변할 수 있다. 새로운 동지를 찾을 수 있다. 그래도 정말 궁금하다. "어떻게 동지가 매년 바뀌나?"

✕

달력에서
열흘 없애기

1582년 10월 4일(목요일) 잠자리에 든 로마인들은 그 어떤 사람의 예외도 없이 10월 15일(금요일)에야 깨어났다. 도대체 열흘 동안 로마에서는 무슨 일이 있었던 걸까? 혹시 왕실의 생일잔치에 초대받지 못한 앙갚음으로 아름다운 숲속의 공주와 백성을 잠재웠다는 그 마녀가 로마에 나타나서 저주를 퍼부은 것일까? 그럴 리는 없다. 그렇다면 로마에는 무슨 일이 일어난 걸까?

사실 아무 일도 일어나지 않았다. 사람들은 여느 때와 다름없이 일어났다. 단지 달력에서 열흘이 사라졌을 뿐이다.

로마의 권력자가 달력에서 과감히 열흘을 없앴다. 주인공은 그레고리우스 13세. 그는 1572년 로마 교황에 즉위하자마자 달력 개혁에 나서 마침내 10년 만에 율리우스 달력을 폐지하고 그레고리 달력을 도입하는 개혁을 완성했다.

사람에겐 달력이 필요하다. 사람들은 시간과 공간 속에서 자신이 어디에 있는지 알고 싶어 한다. 무인도에 상륙한 로빈슨 크루소가 섬에 정착할 수밖에 없는 자신의 처지를 인정한 뒤 가장 먼저 한 일이 바로 자기만의 달력을 만드는 것이었다.

달력은 계절의 변화를 미리 알려준다. 태양과 달, 별의 운행을 관찰하던 사람들은 계절을 알려주는 데는 태양만큼 편한 게 없다는 것을 알게 되었다. 그리하여 태양력이 시작된다. 그런데 태양은 하나지만 태양력은 하나가 아니었다.

옛 이집트 사람들은 우리처럼 1년이 365일인 것을 알았다. 나일강이 정기적으로 범람해 농부들에게 파종할 시기를 가르쳐주었는데 그 간격이 대략 365일이었기 때문이다. 하지만 365는 나누기 힘든 불편한 숫자였다. 그래서 한 해를 360일로 간단히 정하고는 나머지 5일은 오시리스 신화를 만들어 축제를 벌이면서 보냈다. 정말 편리하고 유쾌한 방법이다.

한편 로마인들은 매우 이상한 달력을 썼다. 1년이 열 달에 304일이다가, 나중에 열두 달로 바뀐 다음에는 평년은 355일, 윤년은 382일이었다. 달력이 자연의 변화를 알려주지 못할뿐더러 1년의 길이가 제각각이어서 세금과 이자를 낼 때 불만이 생겼고 관리의 임기도 들쭉날쭉했다.

로마의 새로운 권력자가 된 율리우스 카이사르는 달력을 정비할 필요를 느끼고 이집트의 태양력을 도입하면서 자신들이 사용하던 달 이름을 붙였다. 그런데 이상하다. 문어_{Octopus}의 다리는 여덟 개인데 October는 8월이 아니라 10월이고, 모세의 십계_{Decalogue}에는 열 가지 계율이 있는데, December는 10월이 아니라 12월이다. 어떻게 된 영문일까?

원래 로마의 한 해는 지금의 3월_{March}에서 시작해 2월_{February}에 끝났다. 그런데 새해에 집정관으로 취임하기로 되어 있던 카이사르가 빨리 취임하고 싶은 욕심에 March까지 기다리지 못하고 당시 11월이던 January를 1월로 정해버렸다. 그래서 엉뚱하게 옥토버는 10월로 그리고 디셈버는 12월로 밀린 것이다.

권력을 잡은 자는 시간도 지배한다. 율리우스는 달력 개혁을 기념해 자신의 생일 달인 7월에 자신의 이름 율리우스(영어의 July)를 붙였다. 율리우스의 후계자인 아우구스투스도

권좌에 오르자 자신의 생일 달인 여덟 번째 달에 자신의 이름(영어의 August)을 올렸다. 그런데 여덟 번째 달은 작은 달이었다. 아우구스투스는 불쾌했다. 그래서 원래 29일이던 2월에서 하루를 가져와 8월을 31일로 늘렸다. 덕분에 7, 8월은 연달아 큰 달이 되고 2월은 28일이 되었다.

큰 달과 작은 달이 들쑥날쑥하고 이름이 제멋대로 바뀐 거야 대수가 아니다. 그런데 이왕 고치는 거 정확히 고쳤어야 한다. 이 무렵 이집트의 과학자들은 시간의 길이를 제대로 이해하고 있었다. 지구는 정확히 365일 만에 태양을 한 바퀴 돌아주지 않는다. 실제로 지구가 공전하는 데는 365일하고도 5시간 48분 46초가 더 걸린다.

율리우스 카이사르는 이 자투리 시간이 무엇을 뜻하는지 알았다. 한 해는 365일에 대략 4분의 1일이 더 있다는 것이다. 그래서 그는 4년에 한 번씩 하루가 더 긴 윤년을 두었다. 비록 한 해를 11분 14초 더 길게 잡았지만, 이 작은 차이가 무슨 대수냐고 여겼다.

율리우스 달력은 모든 사람을 만족시켰고 기독교의 확장과 함께 전 유럽으로 퍼졌다. 그런데 시간이 지나면서 점차 율리우스 달력에 대한 의심이 생겼으며, 16세기가 되자 달력에 대한 불만이 폭발할 지경에 이르렀다.

문제는 기독교 최대의 명절인 부활절이었다. '춘분(3월 21일)이 지난 뒤 보름달이 뜨고 난 후에 오는 첫 번째 일요일'이 부활절이다. 그런데 기원전 45년부터 율리우스가 간단히 무시한 11분 14초가 매년 쌓여 부활절이 점차 이상해졌다.

　　16세기에 이르자 달력에는 3월 21일로 나와 있지만 실제로 낮과 밤의 길이가 같은 날은 3월 11일이 되었다. 달력이 열흘이나 느린 것이다. 그래서 1582년에는 열흘을 달력에서 지워야만 했던 것이다.

　　열흘을 지우면서 윤년 규칙을 정교하게 바꾸었다. 새 규칙에 따르면 옛날과 마찬가지로 4로 나눌 수 있는 해는 윤년이지만 100으로 나눌 수 있는 해는 윤년이 아니고, 또 400으로 나눌 수 있는 해는 다시 윤년이다. 율리우스력의 시대가 끝나고 그레고리력의 시대가 시작된 것이다.

　　저항이 없다면 그건 개혁도 아닐 것이다. 로마의 영향력에 있던 나라들은 로마와 함께 달력을 바꾸었지만, 개신교 국가나 로마에서 멀리 떨어진 나라는 율리우스 달력을 더 오랫동안 사용했다.

　　러시아는 1919년에야 새로운 달력을 도입했다. 이때는 달력의 오차가 13일로 벌어진 다음이었다. 그래서 러시아 10월 혁명 기념식은 11월에 열리고 러시아정교회의 성탄절은 1월 7일인 것이다. 우리나라는 음력 1895년 11월 16일의 다음 날이 1896년 1월 1월이다. 그레고리우스 달력인 양력을 채택한 것이다.

율리우스는 달력을 개혁했다. 하지만 11분 14초라는 정말 짧은 시간을 무시한 결과 개혁은 다시 개혁되어야 했다.

전 세계 시간을
통일한 힘

여태 타보지 못했고 앞으로도 기회가 없을 것 같은 교통수단은 마차이다. 서부 개척 시대에 황무지를 달리거나 유럽의 도시 사이를 다니던 우편 마차 같은 것 말이다. 내가 꿈꾸는 마차 여행에 대해 정작 19세기 여행자들은 좋은 평가를 남기지 않았다.

1876년 이탈리아 여행을 마친 괴테는 "치를에서 인탈로 우편 마차를 타고 내려왔다. 경치는 형용할 수 없을 만큼 아름다웠다. …우편 마차는 내가 원하던 것보다 더 서둘렀다"라고 썼다. 8년 후 프랑스 작가 그자비에 콩트 드 메스트르도

"우편 마차로 여행하는 사람들이 놓치는 많은 것들을 도보 여행자는 볼 수 있다"라고 썼다. 둘 다 마차 여행에 대해 불평을 한 것이다.

말을 타고 달리는 사람들은 급한 소식을 전해야 하는 특별한 사람들이었다. 말을 타고 빨리 달리기 위해서는 오랜 훈련과 강인한 체력이 필요했다. 달릴 수 있는 거리에는 한계가 있었다. 말은 또각또각거리면서 천천히 걷는 정도였다. 말을 타는 것은 단지 발바닥이 아프지 않고 다리가 피곤하지 않으면서 뭔가 위엄을 뽐낼 뿐이었다. 게다가 말을 타고 여행하는 것은 거의 불가능했다. 짐을 실을 수 없으니까. 그래서 마차를 만들어서 여러 명이 함께 타고 지붕이나 뒤쪽에 짐을 실었다. 장거리를 움직이려니 여러 마리의 말을 함께 묶어야 했다.

시끄러운 말발굽 소리와 삐거덕거리는 바퀴 소리 그리고 심한 흔들림 때문에 우편마차 여행객들의 불평은 끊이지 않았다. 그렇다고 해서 마차가 빨랐던 것도 아니다. 평지에서조차 마차 속력이 시속 10킬로미터를 넘는 일은 드물었다. 하루에 이동하는 거리도 40~60킬로미터로 한정되었다. 말이 자주 쉬어야 했고 승객 역시 달리는 마차에서 잠을 청할 수는 없기에 여관에서 짐을 풀고 숙박해야 했기 때문이다.

여행가들이 불평을 늘어놓는 마차 여행조차 18세기와 19세기 초반이 되어서야 성행했다. 도로가 포장된 시기와 맞물린다. 그렇다면 마차를 이용하기 전 사람들은 하루에 얼마나 이동할 수 있었을까? 그냥 걸어야 했으니 우리가 걷는 것과 비슷한 사정이었을 것이다. 빨리 걷는 사람들은 시속 6킬로미터까지도 걷지만 보통 사람들은 4킬로미터의 속력으로 걷는다. 물론 세계 최고의 마라톤 선수들은 시속 20킬로미터를 낼 수도 있다. 사람의 속력은 아마 이게 한계일 것이다. 거리도 마찬가지다. 평범한 사람이라면 하루에 50킬로미터 이상 걸을 수 없다. 체력도 체력이지만 발바닥이 아파서 더 걷기는 어렵다. 요즘처럼 신발이 좋지 않던 시절에는 발이 더 아팠을 것이다. 또 짐이 없이 맨몸일 때 이야기이다. 짐을 들거나 메고 이동할 수 있는 거리는 아주 한정되어 있었다.

그런데 페테르부르크에서 모스크바로 가는 호화 마차는 이야기가 조금 달랐다. 23마리의 말이 3일 동안 650킬로미터를 달렸으니까. 이 마차에는 호화스러운 가구와 오븐이 갖춰져 있었다. 하지만 이 마차를 탈 수 있는 사람은 러시아 황제뿐이었다.

사람이 제대로 된 여행을 하게 된 것은 순전히 기차 덕분이다. 1825년 영국의 조지 스티븐슨은 석탄이 가득 실려 있는 운반 차량의 행렬에 증기 기관을 연결했다. 증기 엔진은 석탄을 20킬로미터 떨어진 항구까지 운반했다. 역사상 최초의 증기 기관차를 본 사람들은 금방 깨달았다. 석탄을 운반할 수 있다면 사람은 왜 안 되겠는가? 1830년 9월 15일 증기 기관차가 리버풀과 맨체스터 사이 46킬로미터 구간을 사람을 태우고 운행했다. 마침내 기차 여행이 시작된 것이다. 이 열차는 순간 최고 시속 46킬로미터를 기록하기도 했지만 전체 구간 평균 속력은 시속 23킬로미터에 그쳤다. 하지만 이름만큼은 최고였다. 무려 '로켓호'였으니까.

마차망은 철도망으로 급속히 재편되기 시작했다. 그러자 새로운 문제가 생겼다. 바로 시간표다. 1784년에 마차 여행에도 운행 시간표가 도입되었다. 다만 출발 시간만 있었고 도착 시간이 없었다. 승객들은 그저 출발 시간만 알고 있으면 됐다. 그런데, 이때는 도시마다 시간이 달랐다. 태양이 가장 높이 떠 있는 시간이 정오였기 때문이다. 그다지 큰 나라가 아닌 영국 안에서도 도시에 따라 최대 30분이나 시간이 달랐지만 상관없었다. 어차피 라디오도 없고 인터넷도 없는데 다른 도시와 내가 있는 도시의 시간 차이를 누가 신경이나 쓰겠는가.

철도는 달랐다. 출발과 도착 시간을 표시해야 했지만 도시마다 시간이 다르니 불가능할 지경이었다. 그래서 통일을 해야 했다. 어느 도시를 기준으로 삼아야 할까? 철도 회사들은 합리적인 선택을 한다. 자신들의 근거지가 되는 리버풀이나 맨체스터, 글래스고 같은 공업도시 대신 천문대가 있는 그리니치를 기준으로 삼기로 했다. 이때가 1847년이다. 철도 회사들이 통일된 시간을 사용하자 다른 기관들도 따라 하기 시작했다. 1880년 영국 정부는 아예 영국의 모든 시간을 그리니치를 기준으로 삼는 법률을 만들었다.

예전에는 모든 도시의 한가운데에 커다란 시계탑이 있었다. 도시마다 시간이 달랐기 때문에 마차를 타고 온 승객들이 자신의 시계를 그 도시 시간에 맞춰야 했기 때문이다. 철도망이 확장될수록 시계탑은 철도역 정면의 벽으로 옮겨왔다. 유럽 대륙을 여행하거나 미국처럼 큰 나라를 여행할 때 새로운 도시에 도착하면 시간을 바꿔야 했기 때문이다. 아직도 기차역마다 커다란 시계가 있기는 하지만 그걸 들여다보는 사람은 거의 없다. 비행기를 타고 장거리 여행을 하더라도 휴대전화가 자신의 위치를 파악하여 알아서 시간을 바꿔주기 때문이다. 결국 전 세계인이 같은 시간을 사용하고 있는 셈이다.

증기 기관과 기차는 산업혁명의 핵심 동력이다. 인간이

상식 발견하기

나 말의 힘으로는 도저히 얻을 수 없는 힘을 만들었다. 증기 기관은 힘만 만든 게 아니다. 전 세계인의 시간을 통일했다. 굉장하지 않은가? 우리는 사상과 언어는 달라도 적어도 같은 시간 속에서 살고 있으니까 말이다.

✕

프랑스 엉덩이를
훔쳐라

2016년 파리 국제도서전의 주빈국은 대한민국이었다. 130주년을 맞는 한국–프랑스 수교를 기념하기 위해서였다. 서구 열강과 우리나라의 수교는 슬픈 역사의 산물이다. 우리의 주체적인 의지와 역량이 아니라 서구 열강의 침략의 결과이기 때문이다.

묘하게도 한국과 프랑스는 처음 만났을 때부터 책과 깊은 인연이 있었다. 1866년 조선이 프랑스 선교사를 처형하자, 프랑스 극동함대는 하필 조선 왕실의 국가기록물 보관소인 외규장각이 있던 강화도를 침략했다. 프랑스 사람들은 문

상식 발견하기

화라면 둘째간다고 하면 서러워할 사람들 아닌가. 침략자들은 외규장각에 보관된 책들의 높은 가치를 한눈에 파악했다. 그들은 색상이 화려한 책들을 중심으로 340권을 챙김으로써 자신들의 문화적 소양을 과시하는 한편, 나머지 5,000여 권의 책을 불태움으로써 자신들이 침략자임을 분명히 드러냈다. 그나마 다행히도 340권의 외규장각 도서가 2011년 영구 임대 방식으로 우리나라로 돌아왔다.

역사는 다양한 방식으로 반복된다. 프랑스 극동 함대가 침략한 지 150년이 지난 2016년에는 한국이 자발적으로 주요 서적들을 싣고 파리로 날아갔다. 프랑스는 비용을 들여 한국 작가 30명을 초대하여 그들의 작품과 사상을 프랑스 시민들에게 자유롭게 소개하게 했다.

프랑스 사람들은 조선을 침략했을 때와 마찬가지로 한국의 작가들을 초대했을 때도 문화에 대한 열정을 그대로 보여주었다. 개막식에는 프랑수아 올랑드 대통령이 대한민국 부스를 직접 찾아왔다. 이날 여러 가지 면에서 놀랐다. 우선 대통령에 대한 경호는 완전히 실패한 것처럼 보였다. 기자들과 개막식에 참석한 출판인과 작가들이 카메라와 핸드폰을 들고 올랑드 대통령의 동선을 방해했지만 경호원은 아무것도 하지 않았다. 심지어 올랑드 대통령은 자신이 특별히 부탁해서 모여 있던 한국의 작가들 몇 미터 앞까지 왔지만 결국 카메라의 장벽에 막혀 한국 작가들의 손도 잡아보지 못하고 발길을 돌려야 했다. 더 놀라운 일이 있다. 이런 상황에서도 올랑드 대통령은 성내지 않았다. 대통령이 성을 내지 않다니! 참으로 낯선 풍경이었다. 원래 대통령은 자신의 맘대로 되지 않으면 찌릿찌릿한 눈빛으로 겁을 주어야 하는 자리가 아니었던가.

대신 올랑드 대통령은 한국관 방명록에 "문화를 향해 같은 열정을 나누는 프랑스와 한국의 독자들에게"라고 글을 남겼고, 오드리 아줄레 프랑스 문화부 장관은 "프랑스에서 문화는 심장과 같다, 그 문화의 한가운데에 책이 있다"고 말했다. 어찌 보면 너무나 당연한 말이지만 대통령과 전시장을 찾은 다양한 분야의 장관들이 '경제'를 거론하는 대신 한결같이 '문화'와 '책'이라는 한가한 이야기를 한다는 사실이 새삼 놀라웠다.

일주일이라는 짧은 시간이었지만 프랑스의 문화 역량이 어디에서 나오는지 알아차리는 데는 충분했다. 파리도서전의 특징은 유달리 많은 강연이 열린다는 것이었다. 여기에는 물론 인기 작가의 흥미로운 강연도 있겠지만 청중들의 표정을 보건대 대부분은 평범한 작가들의 지루한 강연이었던 것 같다. 그런데도 프랑스 사람들은 거의 모든 강연장을 가득 채웠다.

더 놀라운 것은 이들이 중간에 일어서지 않고 끝까지 경청한다는 사실이다. 누가 강제하는 것도 아니고, 그렇지 않아도 볼거리가 많은 도서전에서 시간 낭비를 하고 싶지 않을 텐데도, 마치 자력이나 중력으로 꼼짝하지 못하는 것처럼 프랑스 사람들은 끝까지 앉아 있었다.

그 이유는 분명했다. 프랑스 사람들은 엉덩이가 무겁다. 프랑스 사람들의 체형을 상상하려 들지는 마시라. 그들의 체구는 우리와 비슷하다. 하지만 엉덩이는 정말 무거워서 한번 앉으면 좀처럼 일어서지 못한다.

책이 좋아서 도서전에 오는 사람들만 엉덩이가 무거운 것은 아닌 것 같다. 나는 라빌레트 과학관과 파리 자연사박물관도 틈을 내어 다녀왔다. 우리와는 분명히 다른 점이 눈에 보였다. 우선 전시물의 설명 패널의 글자가 작고 길었다. 그리고 동영상도 길이가 보통 5분이 넘었고 심지어 7분, 11분짜리도 있었다. 우리나라 같으면 작은 글씨로 길게 쓰여진 패널을 읽는 사람은 거의 없다. 동영상도 3분이 넘으면 보지 말라는 것과 같다. 그런데 프랑스 사람들은 그 긴 설명을 찬찬히 읽는다. 상영 중인 동영상 앞에 온 사람은 우선 중간부터 본 후 동영상을 다시 틀어서 처음부터 끝까지 제대로 본다. 중간에 일어설 것 같은데 끝까지 본다. 왜? 엉덩이가 무겁기 때문이다.

프랑스 사람들의 무거운 엉덩이는 부모로부터 유전자로 물려받은 것이 아니라 양육된 것이다. 도서전과 마찬가지로 과학관과 박물관에 아이들을 데려온 부모와 조부모들은 아이들에게 차분함을 몸소 보여줌으로써 가르쳤다. 때로는 강제적으로 아이들을 주저앉히곤 했다. 이렇게 프랑스 아이들은 엉덩이에 자력과 중력이 더해져서 무거워지나보다.

한국의 과학 작가들과 그들의 작품에 관한 내 강의가 자신의 관심사일 리가 없는 고등학생이 슬그머니 일어서려 하자 힘으로 주저앉힌 엄마, 기껏해야 초등학교 1, 2학년밖에 안 된 두 아이에게 찰스 다윈의 따개비 연구에 관한 지루한 이야기를 힘들여 읽어주며 설명하던 백발의 할아버지가 프랑스 문화 융성의 근원인 것 같았다.

우리에게 필요한 것도 마찬가지 아닐까. 단 3년 만에 구글의 인공지능을 뛰어넘겠다는 호기보다는 지루한 이야기도 한 시간쯤은 들어줄 수 있는 무거운 엉덩이를 만드는 게 먼저 아닐까. 150년 전 프랑스는 우리에게서 책을 훔쳐갔다. 이제는 우리가 그들의 무거운 엉덩이를 훔쳐올 차례다.

꽃을 든 남자와
우주 불고기

한국과 유럽의 거리 풍경에는 확실한 차이점이 하나 있다. 꽃을 든 남자다. 퇴근 무렵 유럽의 도시에는 꽃을 든 남자들이 많다. 자신감과 설레는 마음을 얼굴에 그대로 드러낸 남자들이 꽃을 들고 어딘가로 간다. 여자 친구를 만나기로 한 레스토랑일 수도 있고 가족이 기다리는 집일 수도 있다. 꽃을 든 남자들은 사랑받는다.

우리나라에서는 정말로 보기 힘든 장면이다. 한국에서는 2월 중순과 말경에야 꽃을 든 남자를 볼 수 있다. 장소는 주로 레스토랑. 이들은 꽃을 주기 위해 들고 있는 게 아니다. 받앉을 가능성이 크다. 학교를 졸업한 남자들이다. 나도 그 가운데 하나다.

초등학교부터 고등학교까지 졸업식 날 나는 꽃다발을 들고 불고기집에 갔다. 추운 운동장에서 진행된 졸업식에 굳이 동생들이 따라온 거의 유일한 이유일 것이다. 가운데가 볼록하고 구멍이 송송 뚫린 양은 판 위에 육수에 잠긴 부드러운 고기와 야채를 얹었을 때 생기는 지글지글거리는 소리와 함께 풍기는 냄새는 대학에 떨어져 재수를 결정한 상태인 졸업자와 그 가족의 무거운 마음을 가볍게 녹여버렸다. 불고기 맛과 향은 사람들을 행복하게 한다.

불고기는 초등학교 졸업식 날에 가장 맛있었다. 일단 장래에 대한 아무런 걱정이 없었다. 그리고 그 많은 식구가 불고기를 먹는 데에 대한 경제적인 걱정도 들지 않았다. 부유한 친척 어른이 와서 사주셨기 때문이다. 그 어른이 불고기 육수에 밥을 비벼주시면서 말씀하셨다. "우리 어릴 땐 이런 불고기는 구경도 못 했어." 아마 사실일 것이다. 그분이 어릴 때는 서울식 육수 불고기는 없었으니까 말이다.

생각해보면 이유는 간단하다. 고기가 넉넉하지 않았던 게 첫 번째일 것이다. 하지만 그게 다가 아니다. 넉넉하지 않아도 잔치 때는 구경이라도 할 수 있었을 테니까. 경제가 발전하면서 고기의 수요가 늘자 채소와 달콤한 양념 국물을 잔뜩 추가한 육수형 불고기를 생각해냈다. 육수형 불고기는 졸업식 식사로 제격이었다. 일단 양이 많고 얇게 저민 고기는 금방 익었다. 이게 진짜 이유다. 그 전에는 고기를 얇게 저미는 게 너무 어려웠다. 살짝 얼려야만 고기를 얇게 썰 수가 있다. 예전에는 삼겹살 구이도 없었다. 내가 집에서 삼겹살을 구워 먹은 것은 1980년대 초반의 일이다. 불고기와 삼겹살 요리 발전에 고기보다 중요한 게 냉장고였다.

불고기의 기원은 말 그대로 사냥한 고기를 숯불에서 직접 구워 가면서 먹는 고기 요리였을 것이다. 대략 150만 년 전부터 전 세계 모든 인류가 고기를 먹는 방식이었다. 그 당시 인류는 호모 에렉투스다. 당시에는 고기를 언제든지 구할 수 있었다. 다만 먹을 때까지 시간이 오래 걸렸다. 그들이 사용하는 돌칼로는 고기를 써는 게 쉽지 않았기 때문이다.

제1세대 불고기의 주재료는 코끼리였다. 코끼리는 구석기인들에게 아주 매력적인 동물이었다. 살코기와 지방은 영양을 공급해주고 뼈와 상아는 연장을 만드는 재료로 쓸 수 있었다. 40만 년 전 지중해 동부 연안에서 코끼리가 사라지자 호모 에렉투스도 사라졌다는 사실은, 불을 처음 사용한 인류와 코끼리 사이의 관계를 잘 보여준다. 그 후에도 인간이 등장하는 곳이면 어김없이 코끼리가 사라졌다.

2019년은 인류가 달에 간 지 50년이 되는 해였다. 우리나라도 달 탐사에 바짝 다가서고 있다. 2030년에는 한국형 발사체를 이용해서 달 착륙선을 보낼 예정이다. 그렇다면 2030년 달에 가는 한국 우주인들은 어떤 음식을 먹게 될까? 전 세계 어디를 가든 맛집을 찾는 한국 사람들이 설마 우주인에게 전투식량을 줄 리는 없다.

우리나라는 발사체와 달 탐사선보다 우주 식품을 먼저 개발했다. 벌써 10여 년 전의 일이다. 2009년 한국원자력연구원의 이주운 박사팀은 김치, 라면, 수정과, 불고기, 비빔밥, 미역국, 그리고 오디로 만든 짬뽕 음료를 개발해서 러시아 국립과학센터SSCRF에 제출했다. SSCRF는 우주와 비슷한 공간에서 예행연습을 하는 우주인들에게 6종의 우주 식품을 120일 동안 섭취하게 하고 우주인의 영양 상태와 면역력 변화를 체크했다. 그리고 이듬해 1월 SSCRF 산하 의생물학연구소는 불고기·전주비빔밥·미역국·짬뽕 음료를 우주 식품으로 인증했다. 통조림으로 저장된 불고기는 우주에서도 맛과 식감이 유지된다. 비빔밥과 미역국은 뜨거운 물만 부으면 먹을 수 있다.

이젠 고기가 충분하다. 서울식 불고기 말고 언양식 불

고기 우주 통조림도 나와야 한다. 그리고 졸업식 시즌이 아니더라도 꽃을 든 남자들이 많아지면 좋겠다. 우리도 사랑받자.

조용한 쾌거,
천리안2B

                 우리나라에서는 2020년 1월 20일 처음으로 코로나19 확진자가 발견되었다. 정부와 시민은 처음 한 달 동안은 코로나19를 잘 관리했다. 발병 30일째인 2월 18일까지 누적 환자는 단 31명에 불과했다. 사망자는 커녕 중증을 앓고 있는 사람도 없었으며 완쾌되어 퇴원하는 분들도 생겨났다. 이쯤 되면 걱정은 방역 당국에 맡기고 시민들은 정상 생활로 돌아갈 수 있을 줄 알았다.

   적어도 2월 19일 우리나라 뉴스 헤드라인은 바뀌어 있어야 했다. 왜냐하면 이날 우리나라 과학기술사에 한 획을 그을 만한 사건이 일어났기 때문이다. 현장은 저 멀리 남아메리카다. 브라질 북쪽에 어떤 나라들이 있는지 기억하시는가? 북서쪽에는 콜롬비아와 베네수엘라가 있다. 여기까지는 쉽다. 그 동쪽으로는 무슨 나라가 있을까? 기아나, 수리남, 프랑스령 기아나가 차례대로 있다.

우리나라 시간으로 2월 19일 아침 7시 18분 프랑스령 기아나에 있는 우주센터에서 우리나라 인공위성이 발사되었다. 풉! 아니, 21세기에 그깟 인공위성 하나 쏘아 올린 게 무슨 대수라고 호들갑이냐고? 그깟 인공위성이 아니다. 순전히 우리 기술로 자체 개발한 정지 궤도 위성이다.

우리가 아는 대개의 인공위성은 한자리에 가만히 있지 않고 끊임없이 움직인다. 예를 들어 2013년 나로호가 싣고 떠난 나로과학위성은 지구와 가까울 때는 300킬로미터, 멀 때는 1,500킬로미터 높이로 103분에 한 바퀴씩 지구를 돌았다. 하루에 총 열네 바퀴씩 지구 궤도를 돌지만 우리나라 지상국과 교신이 가능한 횟수는 하루에 3~4번에 불과했다. 온 지구 상공을 돌기 때문이다.

이에 반해 정지 궤도 위성은 말 그대로 지구 위 한 점에 가만히 있는 위성을 말한다. 물론 그 위성이 정지해 있는 것은 아니다. 지구에서 봤을 때 그렇게 보인다는 말일 뿐이다.

정지 궤도 위성은 두 가지를 고려해야 한다.

첫째, 인공위성을 우주 바깥으로 날려 보내는 원심력과 지구로 끌어당기는 지구 중력이 같은 높이에 있어야 한다. 그 높이는 (고등학교 때 물리를 진지하게 배웠다면) 쉽게 계산할 수 있다. 대략 적도 상공 3만 6,000킬로미터다. 지구 지름이 1만 2,000킬로미터 정도이니 지구 지름의 세 배쯤 되는 곳에 떠 있다고 생각하면 된다.

둘째, 정지 궤도 위성은 지구 표면에 있는 물체와 같은 방향으로 같은 시간 동안 같은 각도만큼 이동해야 한다. 이것을 '각속도가 같다'고 표현한다. 지구 지름의 세 배 높이에 있는 인공위성이 적도에 있는 물체와 같은 각속도를 갖기 위해서는 지구 자전 방향으로 초속 3킬로미터(시속 1만 1,000킬로미터)로 비행해야 한다. 빠른 속도다.

하지만 고도 1만 킬로미터에서 초속 4.9킬로미터로 비행하는 중궤도 위성이나 고도 700킬로미터에서 초속 7.5킬로미터로 비행하는 저궤도 위성에 비하면 정지 궤도 위성은 꽤나 느리게 비행하는 셈이다. 왜 고도가 낮은 위성은 더 빨리 날아야 할까? 고도가 낮을수록 지구의 인력이 세기 때문이다. 인공위성의 비행 속도가 빨라야 원심력을 확보하여 지구로 떨어지지 않고 우주 궤도에서 버틸 수 있다. 빨리 비행하려니 연료가 많이 사용되고 따라서 수명도 짧을 수밖에 없다. 수명은 1~5년에 불과하다.

그 많은 돈을 들여서 수명이 짧은 위성을 만드는 데는 이유가 있다. 쓸모가 제각각이기 때문이다. 저궤도 위성은 주로 정찰용이다. 남의 나라 군사 비밀을 빼내는 데 쓴다. 물론 산불이나 산사태를 감시하고 지리정보시스템GIS을 구축하는 데도 쓴다. 중궤도 위성은 GPS 위성들이다.

이번에 우리 기술로 개발하여 쏘아 올린 정지 궤도 위성은 속도가 늦으니 수명도 길다. 무려 10년이나 된다. 쓸모도 다르다. 위성에는 환경탑재체와 해양탑재체가 장착되어 있다. 환경탑재체는 에어로졸, 이산화질소, 이산화황, 오존 같은 대기 환경 항목 20종을 가로 8킬로미터, 세로 7킬로미터 간격으로 촘촘하게 측정한다. 눈에 보이지 않는 화학 성분의 분포와 움직임을 실시간으로 감시한다는 뜻이다. 별것 아닌 것 같지만 '세계 최초 정지 궤도 환경 감시 위성'이라는 타이틀이 붙어 있다.

이번에 발사한 정지 궤도 위성의 이름은 '천리안 2B'다. 쌍둥이 위성인 '천리안 2A'는 이미 2018년에 발사되었으며 기상탑재체가 장착되어 있다. 한국 항공 우주 연구원의 과학자와 기술자들이 이룬 쾌거다.

✕

1월 27일
기억하기

1969년 7월 20일 오후 8시 17분 UTC에 아폴로 11호의 달 착륙선 이글호가 달 적도 부근의 '고요의 바다'에 (공기가 없으니 당연하게) 고요하게 착륙했다. 6시간이 지난 후 선장 닐 암스트롱이 달에 내렸고, 20분 후에는 버즈 올드린이 내려왔다. 여기까지는 누구나 아는 이야기다. 이름이 닐인지 루이인지 헷갈리기는 해도 암스트롱을 모르는 사람은 없고 버즈 올드린은 만화 영화〈토이 스토리〉의 캐릭터로 더 유명하다.

아폴로 11호의 우주인은 세 사람이었다. 하지만 달에는 두 사람만 발자국을 남겼다. 그렇다면 나머지 한 사람은 어디에 있었을까? 두 사람이 달에서 활동하는 동안 나머지 한 사람은 두 사람을 태우고 지구로 귀환할 사령선 컬럼비아를 조종하며 달 궤도를 돌고 있었다. 그의 이름은 마이클 콜린스. 아폴로 11호의 열광적인 팬이었던 우리 아버지마저 그의 이름은 자주 까먹곤 했다.

우리는 첫 번째만, 그것도 첫 번째 눈앞에 드러난 성공한 영웅만 기억하려고 한다. 아폴로 11호가 달에 착륙했다는 것은 아폴로 1호부터 10호까지가 있었다는 이야기다. 달 착륙 이전의 열 차례 탐험가들을 모두 기억하지는 못할지라도 적어도 아폴로 1호 우주인들은 알아야 하지 않을까? 그런데 수업 시간이든 신문 기사에서든 한 번도 본 적이 없다. 이 정도라면 필시 무슨 사연이 있다고 봐야 한다.

우주선에는 지구와 똑같은 공기를 실어야 할까? 지구 대기 가운데 우리가 호흡하는 데 필요한 산소는 21퍼센트에 불과하다. 숨 쉬는 데 전혀 필요 없는 질소가 무려 78퍼센트나 된다. 우주인의 호흡을 위해서는 질소를 빼고 산소를 채워야 한다는 생각은 누구나 할 수 있다. NASA의 과학자들도 마찬가지였다. NASA는 사령선에 100퍼센트 순수한 산소를 채웠다. 그것도 고압으로.

우주선 AS-204는 1967년 2월 21일 발사되어 지구 궤도를 돌 예정이었다. 이에 앞서 1월 27일 세 우주인이 우주선에 올라 예행연습을 했다. 당연히 사령선 공기는 100퍼센트 산소다. 산소 농도가 높으니 기분은 좋고 머리는 맑았다. 그때 "불이야! 선내에 불이 났어!"란 외침이 지상 통제센터로 들려왔다.

통제센터 요원들이 달려가서 해치를 열려고 했으나 열 수 없었다. 해치는 안쪽으로 여는 구조였는데, 선내의 압력이 높기 때문에 먼저 감압 조치를 해야 했다. 여기에는 90초가 필요했다. 하지만 나중에 조사한 바에 따르면 우주인들은 화재 후 15초 만에 사망했을 것으로 추정되었다.

화재 원인은 복합적이었다. (1) 구리 전선의 은도금이 벗겨졌고 (2) 냉각제 에틸렌글리콜이 전기 분해되어 격렬한 반응이 일어났는데 (3) 가압된 순수한 산소가 화재를 일으켰다. 불은 우주인들의 우주복을 녹여버렸을 정도로 격렬했다(승무원들은 소사가 아니라 질식사한 것으로 판명되었다).

AS-204 화재 사건은 이후 미국 우주선 제작에 큰 교훈으로 작용했다. 우선 해치는 7초 안에 바깥쪽으로 열리도록 했으며, 가연성 재료는 불연성 재료로 대치되었고, 나일론으로 만들던 우주복은 유리 섬유로 교체되었다. 그리고 선내 기압을 제한했다. 순수 산소의 사용을 금지했다. AS-204 화재 사건이 없었다면 아마도 이후 우주인들은 우주에서 사고를 당했을 것이다.

머큐리와 제미니 프로젝트 이후 이어지는 아폴로 달 탐사 프로젝트가 시작될 때 사망한 우주인들의 아내들은 우주 비행사들이 이루지 못한 꿈을 위해서 AS-204를 아폴로 1호로 부를 것을 요구했고, NASA는 이 사고가 '아폴로 계획의 첫 유인 비행을 위한 지상 훈련 중 실패'라는 이유로 AS-204를 아폴로 1호로 명명했다. 아폴로 2호와 3호는 없고 1967년 11월 9일에 새턴 로켓에 실려 발사된 아폴로 4호부터 아폴로 프로젝트는 시작된다.

민간 우주 시대가 코앞으로 다가오고 있다. 과학 기술이 발달하면서 우주산업의 진입 문턱이 낮아졌기 때문에 가능한 일이다. 과학 기술의 발달은 무수한 실패라는 어깨 위에서 이뤄진다. 1월 27일은 아폴로 1호가 폭발된 날이며, 세 우주인의 이름은 거스 그리섬, 에드워드 화이트, 로저 채피다. 기억하시길!

✕

그리운 클리셰

한민족의 우수성을 강조해야 할 때마다 우리는 버릇처럼 활자活字를 언급한다. 서양에서는 1445년에야 사용하기 시작한 금속활자를 우리는 (암기하기에도 좋은) 1234년경에 이미 사용했다는 것을 강조하는 것이다. 활자는 글을 인쇄하기 위해 만든 글자 틀이다. 낱글자를 각 기둥 위에 양각으로 새겨서 만든다. 영어로는 움직일 수 있는 글자라는 뜻으로 movable type이라고 하는데 우리말 활자가 훨씬 더 재밌다. '살아 있는 글자'로도 생각할 수 있으니 말이다.

활자 인쇄를 하려면 원고에 따라 활자를 일일이 골라서 맞추어 짜야 한다. 이걸 판짜기 또는 조판組版이라고 한다. 그런데 사람들이 쓰는 말이라는 게 다 그게 그거다. 오죽하면 2,400년 전에 살았던 아리스토텔레스마저 "내가 한 말 중에 내가 처음 쓴 문장이 과연 무엇이 있을꼬?"라며 한탄 섞인 이야기를 했겠는가. 부지런한 조판공이라면 자주 사용하는 단어나 문장에 쓰이는 활자는 미리 모아서 아예 하나의 활자처럼 묶어놓을 것이다. 그걸 프랑스 조판공들은 클리셰라고 불렀다.

클리셰는 생산성을 높여준다. 동시에 실수도 줄여준다. 활판 인쇄 시절 우리나라 조판공들도 대통령大統領만큼은 꼭 클리셰를 만들어두었다고 한다. 대통령을 태太통령이라고 잘못 조판한다면 넘어갈 수 있지만 만약에 견犬통령이라고 조판한다면 그냥 단순한 실수로 봐주지 않을 가능성이 무지 컸기 때문이다. 클리셰는 컴퓨터 조판 시대에도 유용하다. 컴퓨터 상용구로 등록해놓고서 작업 시간을 줄이거나 오자를 줄이는 데 편리하게 쓰고 있다.

인쇄소에서나 쓰이던 클리셰라는 말이 이제는 아무 데서나 관용구로 쓰이고 있다. 좋은 뜻은 아니다. '진부한 표현' 또는 '대체로 일관되게 나타나는 공통적인 경향'을 뜻하는 말이 되었다. 맞춤옷이 아니라 기성품 같은 걸 말한다. 소설에서도 진부하고 정형화된 전개가 보이면 빤한 클리셰가 보인다고 비판한다. 하도 많이 쓰다 보니 새로움이 사라진 상황, 줄거리, 기법, 묘사, 수사법을 지칭한다. 하지만 분명한 것은 클리셰는 편리한 장치라는 사실이다. 글을 쓸 때도 자신이 불후의 명작을 쓸 수 있는 대작가가 아니라면 풍부한 클리셰를 사용하는 것은 좋은 전략이다.

여름이 시작될 무렵이라면 칼럼 첫 문장으로 쓰기 좋은 클리셰가 있다. "그해 여름은 뜨거웠다." 근사한 출발이다. 구글 검색 창에 위 문장을 치고 엔터키를 눌러보시라. 꽤나 많은 문학 작품들이 이 문장을 사용했다는 사실을 발견하게 될 것이다. 유난히도, 어지간히, 무척이나 따위를 '여름은'과 '뜨거웠다' 사이에 써도 된다. 또는 문장 뒤에 "위험하고도 미칠 만큼"이라고 덧붙여도 괜찮을 것 같다.

앞으로도 "그해 여름은 뜨거웠다" 같은 클리셰를 쓸 수 있을까? 이제는 끝났다. 우리는 이 멋진 클리셰를 다시는 사용하지 못할 것이다. 올해보다 훨씬 더 뜨거웠던 경험이 있어야 동감할 수 있는 문장인데 이젠 앞으로 영원히 그때의 여름보다 더 뜨거웠던 여름에 대한 기억은 있을 수 없기 때문이다. 항상 새롭게 맞이하는 올해 여름이 가장 뜨거운 여름이 될 것이다.

　여름의 폭염 일수를 계산하는 법이 있다. 전국의 45개 지점을 미리 정해놓고 지점 모두에서 그날 최고 기온이 33도를 넘었을 때만 폭염일로 기록한다. 그러니 폭염일로 기록되는 게 결코 쉬운 일이 아니다. 1980년대 폭염일은 평균 8.2일이었다. 그러니 아무리 더운 여름도 열흘만 견디면 됐던 것이다. 그런데 지난 10년 동안의 폭염일은 평균 15.5일이었다. 30년 사이에 두 배로 길어진 셈이다(지난 2018년은 무려 32일이나 되었다).

　새로운 클리셰가 등장했다. "인류 역사상 가장 더운 ○월"이 바로 그것이다. "2019년 7월은 역사상 가장 더운 7월이었다." "지난달은 역사상 가장 더운 5월이었다." 이제 흔히 볼 수 있게 된 신문 기사 제목이다. 몇 년 전만 해도 "1880년 기상 관측 이후 가장 더웠던 20년은 언제인가"라는 질문에 대한 답은 "1998년과 2000년부터 2018년까지"였다. 중간에 1999년을 빼야 했다. 이젠 대답이 간단하게 바뀌었다. 그냥 "최근 20년"이 지구에서 인류가 경험한 가장 더운 20년이다. 지금 같은 추세라면 항상 똑같은 답을 해야 할 것이다.

　유엔 기후 변화에 관한 정부간 협의체IPCC는 산업화 이후 지구 평균 기온 상승 폭이 1.5도 높아질 경우 지구 기후환경이 비가역적으로 파괴될 것이라고 경고했다. 2020년 5월의 기온 상승폭은 1.26도였다. 1.5도까지는 0.24도 남았을 뿐이다.

　우리에게는 곧 경기 침체라는 큰 파도가 닥칠 것이다. 하지만 이런 파도는 기후 위기라는 쓰나미에 비하면 아무것도 아니다. 인류가 기후 위기를 극복하고 생존에 성공한다면 언젠가는 다시 "그해 여름은 뜨거웠다"라는 멋진 클리셰를 쓸 수 있게 될 것이다. 과연 그날이 올까?

아무리 추워도
봄은 봄

지구에서 볼 때 1년에 걸쳐서 태양이 하늘을 이동하는 경로를 황도라고 한다. 황도가 지구 적도면과 일치한다면 지구에는 계절이 생기지 않았을 것이다. 얼마나 지루한 일인가. 다행히 지구 자전축이 23도 기운 덕분에 매일 태양이 뜨는 위치(황경)와 태양이 머리 위로 오르는 높이(남중고도)가 달라졌다. 덕분에 우리에게는 계절이 있다.

원의 각도를 100도가 아니라 360도로 정한 것은 참 잘한 일이다. 100의 약수는 8개뿐이지만 360의 약수는 24개

나 된다. 또 15도 정도의 변화는 쉽게 가늠할 수 있다. 360÷
15=24. 옛 사람들은 황경 15도마다 하나의 절기를 두었다.
어디를 황경 0도라고 정할까? 직관적으로 제일 쉬운 점이 있
다. 낮과 밤의 길이가 같은 날이다. 이때는 황도면과 적도면
이 일치한다. 춘분(3/21)이 바로 그날이다. 이때부터 15도 간
격으로 청명, 곡우, 입하 등의 절기가 들어선다.

황경 90도인 날은 낮의 길이가 가장 긴 하지(6/21)다. 오
르막이 있으면 내리막도 있는 법. 이때부터 태양고도는 점차
낮아져서 낮의 길이가 짧아지면서 황경 180도인 추분(9/23)
에는 다시 낮과 밤의 길이가 같아지고, 황경 270도인 동지
(12/22)엔 밤이 가장 길다. 이제 다시 낮이 길어지기 시작
한다.

놀랍게도 우리의 절기는 황경 0도의 춘분부터 시작하지
않는다. 첫 번째 절기는 입춘이다. 보통 2월 4일에 오는데 이
때 황경은 315도다. 입춘은 봄의 시작이라는 뜻이지만 이때
봄이 시작된다고 느낀 적은 단 한 번도 없다. 올해도 입춘 때
는 전국이 엄청 추웠다. 이쯤 되면 우리는 의문을 품어야 한
다. 첫째, 우리 선조들은 왜 황경 0도인 춘분이 아니라 황경
315도인 입춘을 첫 번째 절기로 삼았을까? 둘째, 이렇게 추
운 때 왜 감히 입춘이라는 이름을 붙였을까?

    섬진강가 곡성 들녘에서 농사 지으면서 작품 활동을 하는 소설가 김탁환은 깨달았다. 봄이 2월에 시작하는 까닭은 따뜻해서가 아니라 농사에 맞췄기 때문이라는 것이다. 농사에 중요한 24절기에 따르면 봄은 2, 3, 4월이고 여름은 5, 6, 7월이며 8, 9, 10월은 가을이고 11, 12, 1월은 겨울이다.

    농작물과 농부의 삶에 따른다면 추수를 마친 11월부터 겨울이고, 얼음이 녹고 꽃이 피기 시작하는 2월부터 봄이다. 또 모내기는 여름이 시작되는 5월에 하고, 8월 광복절 즈음에는 가을바람이 불며 이때 김장용 배추와 무를 심는다.

    춘분, 하지, 추분, 동지는 천문학적인 의미가 있을지언정 농사와는 별 관계가 없다. 따라서 굳이 그 지점을 절기의 중요한 꼭지로 둘 필요가 없었던 것이다. 당시 과학자들과 관리들은 과학 자체보다도 민중의 삶을 더 우선에 두었던 셈이다. 천문학적으로 의미 있는 네 날 중 오직 동지에만 팥죽이라도 쑤어 먹는 것은 그 날이 농한기에 있기 때문일 것이다.

    많은 사람들이 기후 변화 때문에 봄과 가을이 사라지고 있다고 느낀다. 그런데 봄은 오히려 길어지고 있다. 일제 강점기와 최근 30년을 비교하면 6일 정도 늘었다고 여름은 20일이나 늘었다. 따뜻하고 더운 계절이 거의 한 달이나 늘어난 것이다. 대신 추운 날은 더 매섭게 춥다.

아무리 추워도 입춘이 지났으니 봄은 이미 시작되었다. 실제 날씨보다 마음은 더 춥다. 그래도 가스비, 전기비, 택시비 대신 볕, 바람, 풀내음을 떠올려 보자. 봄은 봄이니까.

✕

오늘도 공룡은
목 놓아 울었다

공룡의 멸종에 대한 오해가 몇 가지 있는데 가장 대표적인 오해는 바로 공룡이 멸종했다는 사실이다. 공룡을 분류하는 여러 방법 중에는 조류형 공룡과 비조류형 공룡으로 분류하는 것이 있다. 과학적인 새로운 분류법에 따르면 새가 아닌 공룡은 6,600만 년 전에 완전히 사라졌지만 새인 공룡은 여전히 우리와 함께 살아 있다. 새가 공룡의 후손이라기보다는 새는 그냥 공룡인 것이다. 공룡은 우리에게 아름다운 노래를 들려주기도 하고 맛있는 안주가 되기도 한다. 따지고 보면 한국 사람은 매년 평균 20마리의 공룡을 먹고 있다. 우리에게 가장 친숙한 공룡 요리는 치맥 또는 삼계탕이라고 불린다.

요리된 닭과 달리 살아있는 닭은 내게 무서운 동물이다. 초등학교 시절 우리집에서 키우던 닭이 갑자기 휙 날아오르더니 옆집으로 넘어갔다. 나는 아버지와 함께 그 장면을 목격했고, 아버지는 내게 옆집에 가서 닭을 찾아오라고 하셨다. 옆집 아저씨는 시치미를 뗐다. 닭이 넘어오지 않았다는 것이다. 그렇지 않아도 공룡 발톱을 가진 닭을 넘겨받으면 그걸 어떻게 들고 오나 걱정하고 있었는데, 시치미를 딱 떼니 나는 옳다구나 하면서 집에 와서는 "옆집에 넘어오지 않았다던데요"라고 전했다가 엄청 혼났다. "야 인마! 네 눈으로 똑똑히 보고도 그런 소리를 듣고 그냥 와!" 하지만 아버지라고 별 수 없었다. 시치미를 떼는데야 어떻게 하겠는가. 닭 한 마리 때문에 옆집과는 완전히 틀어졌고 덕분에 나는 매일 아침마다 광에 가서 공룡의 알인 달걀을 꺼내 와야 하는 귀찮고 무서운 일을 면하게 되었다.

다시 닭이 무서운 동물로 등장한 것은 고등학교 때의 일이다. 사건은 1979년 8월 YH 무역 소속 여성노동자 172명이 신민당사를 점거하고 농성하면서 시작되었다. 며칠 후 경찰이 신민당사에 진입하여 농성을 진압하는 과정에 한 여성 노동자가 추락해서 사망했고 김영삼 총재는 가택에 감금되었다. 그 와중에 〈뉴욕타임스〉와의 기자회견 내용이 빌미가 되어 10월 4일 김영삼 총재가 국회의원에서 제명되는 일이 발생했다. 그때는 몰랐지만 당시 김영삼 총재는 이런 억하심정이 섞인 말을 뱉었다고 한다. "민주 제단에 피를 뿌리고, 닭의 모가지를 비틀어도 새벽은 온다. 나를 제명하면 박정희는 죽는다." 그 말이 예언이 되었는지 며칠 후인 10월 26일 박정희 대통령이 죽었다. 그러니까 그때 국어 선생님의 표현에 따르면 국부가 돌아가셔서 아비와 자식을 잃었을 때보다 더 깊은 슬픔에 빠지게 된 것이고, 윤리 선생님의 표현에 따르면 새벽이 왔으니 만세를 불러야 할 일이 벌어진 것이다. 나는 생각했다. 닭의 모가지를 비트는 게 이렇게 무서운 일이구나.

어쨌든 내가 대학에 들어갈 무렵에는 참으로 다행히도 (우리 아버지의 표현에 따르면) '사회 혼란이나 일으키는' 김영삼은 집에 갇혔고, (역시 우리 아버지의 표현에 따르면) '100퍼센트 북한 간첩인' 김대중은 미국으로 쫓겨났다. 우리나라는 평온을 되찾았다. 하지만 오래 가지 않았다.

1983년 대학 캠퍼스 잔디밭에서 도시락을 까먹으면서도 일정한 패턴의 푸르스름한 사복을 입은 전경들의 눈치를 봐야 할 때였다. 이렇게 이야기하면 뭔가 무시무시 했을 것 같지만 사실 그냥 일상일 뿐이었다. 4월 19일 전후에 수십에서 수백 명의 학생이 '눈이 부시네 저기 난만히 뛷등마다'로 시작하는 노래를 채 끝내기도 전에 진압되는 모습을 몇 차례 보기는 했지만 그다지 놀랍지는 않았다. 대학은 평온했다.

그러던 어느 날 혹시 술집에서 술벗을 기다리는 외로운 친구가 있는지 확인하기 위해 독수리 다방 메모판을 뒤지던 중에 짧은 메모를 하나 봤다. '김영삼 총재 목숨 건 단식 ○○ 일 째'. 당시 집에서 구독하던 〈한국일보〉에는 단 한 줄도 나오지 않은 얘기였지만 나는 그게 거짓일 것이라고는 한순간도 의심하지 않았다. 그땐 그랬다. 세상을 혼란스럽게 만드는 기사는 신문에 나오지 않을 때였고, 그게 새삼스럽지 않고 당연한 것이었으며 평온한 일상 가운데 하나였다.

하지만 내 맘이 움직였다. 목숨을 걸었다지 않은가! 요즘 이야 누가 추운 겨울 수십 일 단식하든 수십 미터 상공의 철탑에 올라 수백 일을 싸우든 관심도 갖지 않는 척박한 세상이 되었지만, 그땐 좋든 싫든 누가 밥이라도 굶을라치면 사람들이 관심을 가져주고 이야기도 들어주고 만류도 하는 그런 시대였다. 전두환이 아무리 무서운 사람이라고 해도 그래도 아직까지는 따뜻한 세상이었는지 김영삼 총재의 뜻은 이

뭐졌다. 그리고 나중에는 그간의 사정도 신문에 실렸다.

1983년 5월 18일, 김영삼은 단식투쟁을 선언한다. 5월 25일, 정부는 김영삼을 병원에 강제 입원시킨다. 5월 29일, 정부는 가택연금 해제를 발표하고 상도동 자택과 병원에 있던 정보원들을 모두 철수시킨다. 6월 9일, 김영삼은 기독교계와 그 외 인사들의 설득을 받아들여서 23일간의 단식을 중단한다.

나는 김영삼 그 사람은 아주 독종이어서 정말로 죽을 때까지 단식할지도 모른다고 걱정했는데, 김영삼 총재를 가택연금에서 풀어줌으로써 단식을 중단할 명분을 준 전두환 대통령이 진심으로 고마웠다. 내가 김영삼 총재를 존경하거나 좋아해서가 아니었다. 그냥 사람이 죽으면 안 되고, 누가 죽겠다고 하면 주변에서 나서서 어떻게든 말리는 게 당시의 상식이었기 때문이다.

닭의 모가지를 비틀어도 새벽이 온다. 새벽은 닭이 울어서가 아니라 우리가 그 울음에 공감하고 어두운 밤을 함께 걸어내려 할 때 오는 것이 아닐까? 이육사도 이렇게 노래했다. '까마득한 날에 하늘이 처음 열리고 어데 닭 우는 소리 들렸으랴.' 오늘 새벽에도 이 땅의 공룡들은 목 놓아 울었지만 여전히 새벽다운 새벽은 오지 않고 있다.

✕

흰 소(辛丑)에서 비롯한
욕정을 경계하자

에우로페는 아름다웠다. 그의 아름다움에 반한 제우스는 황금 뿔이 달린 황소로 변신하여 에우로페에게 접근하였다. 황소의 힘찬 젊음에 반한 에우로페는 제우스의 아들 셋을 낳았다. 아름다움에 반한 사랑은 결코 오래 가지 않는다. 제우스는 에우로페를 크레타의 왕 아스테리오스와 결혼시켰다. 아스테리오스는 제우스의 세 아들을 양자로 받아들였다. 에우로페가 죽자 사람들은 그녀를 기려 어느 대륙에 그녀의 이름을 붙였다. 유럽(Europe)이 바로 그것.

아스테리오스가 죽자 세 아들 사이에서 왕위 다툼이 일어났다. 첫째 미노스는 자신이 왕이 되는 게 신의 뜻이라고 주장했지만 두 동생은 호락호락 받아주지 않았다. 미노스는 포세이돈에게 왕의 징표로 황소 한 마리를 보내달라고 기도했다. 포세이돈은 온몸이 하얀 황소를 보내주었고, 형제들은 미노스를 왕으로 인정했다.

그리스 신화의 한 대목이다. 그런데 '하얀 황소'라니… '하얀 누렁소'처럼 읽히는가? 오해다. 황소의 황은 누를 황이 아니다. 한자말이 아니라 크다는 뜻의 순우리말이다. 황소란 큰 수소를 일컫는다. 생물 연구사와 생물 철학을 연구하는 철학자 이주희 선생님의 책 『동물과 식물 이름에 이런 뜻이?!』에 나오는 설명이다.

선생은 쉽게 납득하지 못하는 나 같은 사람들을 위해 정지용의 시 '향수'를 인용한다. "얼룩백이 황소가 / 해설피 금빛 / 게으른 울음을 우는 곳" 만약에 황소가 누렁소라면 '얼룩백이 황소'는 형용모순이다. 황소가 큰 소라고 한다면 얼룩백이 큰 소라는 뜻이니까 아주 자연스럽다. 원래 우리나라에서 기르던 황소에는 누렁이도 검둥이도 얼룩이도 있었던 것이다.

그리스 신화에 나오는 신들에게는 한결같은 특징이 있는

데 정말 치사빤스(!)라는 것이다. 치사한 정도가 차마 우리 입으로 말할 수 없을 정도로 부끄러운 수준이다. 인간들이 갖는 보편적인 도덕 의식은 찾아볼 수 없다. 욕정을 주체하지 못하고 행동에서 선의라고는 찾아볼 수 없다(한때 그리스로마신화 만화가 대히트를 친 적이 있는데, 도대체 이런 이야기를 초등학생에게 읽히는 게 맞는가라는 고민을 한 적이 있을 정도다).

포세이돈이 거저 하얀 황소를 보내서 미노스가 왕위에 오르게 했을 리가 없다. 그랬다면 그는 그리스 신화의 신이 아니다. 미노스는 하얀 황소를 포세이돈에게 다시 제물로 바쳐야 했다. 그런데 하얀 황소가 너무 아름다웠다. 미노스는 황소를 바꿔치기 한다. 포세이돈이 그걸 모를까? 포세이돈은 미노스에게 복수하기로 마음먹었다. 신이 욕심과 욕정에 빠진 인간을 혼내는 일은 쉬울 터.

포세이돈은 미노스의 아내 파시파에에게 사랑의 감정을 심어주었다. 대상은 바로 미노스의 하얀 황소. 하지만 인간이 어찌 황소와 사랑을 나누겠는가, 라고 체념하고 끝나면 신화가 아니다. 미노스는 당대 최고의 기술자 다이달로스에게 고민을 털어놓는다. 황소와 사랑을 나누겠다는 왕비의 욕정이 망측했지만 다이달로스에게는 자신의 기술을 뽐내고 싶다는 욕정이 불타올랐다.

다이달로스는 나무를 깎아 아름다운 암소를 만들고 암소 가죽을 입혔다. 파시파에는 다이달로스가 만든 암소의 뱃속에 들어가 암소 흉내를 냈다. 욕정은 신과 인간에게만 있는 게 아니다. 짐승도 마찬가지다. 미노스의 황소는 파시파에가 들어 있는 다이달로스의 암소를 보고 반했다. 결국 왕의 소와 왕비는 사랑을 나눴고, 사람은 사람인데 황소 머리를 하고 있는 아기 또는 새끼가 태어났다. 그가 바로 미노타우루스. 미노스의 황소라는 뜻이다.

미노스는 다이달로스에게 미궁迷宮 라비린스토스를 만들게 하고 거기에 미노타우루스를 가뒀다. 미노타우루스도 먹어야 산다. 그런데 하필 어린아이만 먹는다. 끊임없이 아이를 제물로 바쳐야 한다. 그러니 누군가 나타나 미노타우루스를 죽여야만 했다. 이때 영웅이 등장해야 신화다. 포세이돈의 아들 테세우스가 그 주인공. 테세우스가 미노타우루스를 죽이고 아드리아드네 실타래를 이용해 무사히 미궁을 빠져나옴으로써 하얀 황소를 둘러싼 비극이 끝난다.

온갖 욕정과 욕망을 경계하면서 부디 실타래 같은 지혜를 발휘하며 살자.

✳

우리 본성의 선한 천사
또는 팩트풀니스

고3 딸아이가 수시와 정시 입시를 모두 마치고 결과를 기다리고 있다. 내 인생 책을 권할 수 있는 절호의 찬스다. "내 평생 읽은 책 중에서 가장 중요한 책"이라고 감히 말할 수 있는 책은 뭘까? 빌 게이츠는 2011년에는 스티븐 핑커의 '우리 본성의 선한 천사'를 인생 책으로 꼽았다. 두껍다. 1,406쪽. 곧 고등학교를 졸업하는 딸에게 "너도 한번 읽어 봐"라고 말할 엄두가 안 난다. 부녀 사이의 애정에 금이 가기 딱 좋은 일이다.

평소에 '우리 본성의 선한 천사'를 내 인생 책으로 생각하지는 않았다. 그런데 연초 술자리에서 이 책이 갑자기 머릿속을 스치고 지나갔다. 안동 한국 국학 진흥원의 철학자 이상호 박사가 던진 말 때문이다. "우리는 전쟁을 경험해 보지 못한 세대예요." 한반도에 살았던 사람들 가운데 이런 행운을 가진 사람이 몇이나 될까? 여전히 휴전 중이기는 하지만 한국 전쟁은 사실상 1953년 끝났다. 고등학교 교육 과정에서 교련이 필수 과목에서 선택 과목으로 바뀌면서 교육 현장에서 퇴출된 게 1997년의 일이다. 대략 이때부터는 전쟁에 대한 일상적인 공포에서 벗어난 것 같다.

『우리 본성의 선한 천사』는 폭력에 대한 연구 성과가 드러난 책이다. 사람이 살다 보면 폭력이라는 수단에 빠지게 되는 때가 있는데, 폭력에 빠지지 않고 평화적인 해결을 지향하는 '나'를 어떻게 끄집어낼 수 있는가를 알려 준다. 이건 쉬운 일이 아니다. 우리 본성에는 선한 천사와 악한 악마가 있기 때문이다.

스티븐 핑커는 우리 본성 안에는 다섯 가지 악마가 있다고 한다. 도구로서의 폭력, 우세 경쟁, 복수심, 가학성, 그리고 폭력을 정당화하는 이데올로기가 그것이다. 악마의 결과는 전쟁과 살해 그리고 성폭행으로 나타난다. 우리는 매일 참혹한 뉴스를 본다. 하지만 인간이 날로 잔인해지는 것은 절대로 아니다. 오히려 반대다. 예전이 훨씬 더 잔혹했다. 로마의 군중들은 헐벗은 여인을 말뚝에 묶어 놓고 동물이 찢어먹는 모습을 구경하며 신나했다. 지쳐 쓰러진 검투사에게 마지막 일격을 가하라고 엄지를 아래로 꺾으면서 소리쳤다.

하지만 오늘날에는 이런 야만과 폭력은 없다. 중세 후기부터 20세기까지 유럽의 살인율은 50분의 1로 줄었다. 능지처참, 화형, 결투, 노예제가 사라졌다. 고문은 불법이며 채찍질 같은 가학적인 처벌은 극히 일부 국가에서만 행해진다. 여성, 어린이, 동성애자들에 대한 폭력도 줄었고 동물권리마저 옹호하는 목소리가 높아지고 있다.

스티븐 핑커는 이러한 현상에 대하여 우리 본성에 악마뿐만 아니라 네 가지 선한 천사가 있기 때문이라고 한다. 남들의 고통을 느끼고 서로의 이해를 연결 짓는 감정 이입, 충동적 행동의 결과를 예상하고 그에 따라 적절히 절제하게 하는 자기 통제, 편협한 관점에서 벗어나서 더 나아질 방법을 찾게 하는 이성, 그리고 도덕감이 그것이다.

전쟁은 여전히 일어난다. 새해 벽두부터 전쟁 관련 소식이 들려왔다. 미국의 이란 공습과 이란의 반격 그리고 그사이에 어처구니없게 일어난 우크라이나 민항기 격추 사건은 매우 불쾌한 일이다. 하지만 다행히 잘 마무리되고 있다. 부족사회 시대나 중세 시대와 달리 우리 본성의 네 가지 천사가 활발히 활동하고 있기 때문이다.

안동의 철학자가 '전쟁을 경험하지 않은 우리 세대'를 언급한 까닭이 아마 이것일 게다. 우리는 잘 깨닫지 못하지만 요즘 사람들은 예전보다 더 오래 살고, 유아기에 사망할 가능성이 더 낮고, 교육을 받을 가능성은 더 높고, 20년 사이에 극빈층은 절반으로 줄었다. 한국 전쟁 이후 강대국 사이의 전쟁은 아직 한 번도 없었다. 지난 60여년 동안 전쟁의 수가 급격히 줄어 들고 전쟁이 일으킨 파괴력도 감소했다.

매일 보는 뉴스는 험악하다. 하지만 뉴스 제목이 아니라 숫자에 집중하면 희망이 보인다. 아직도 세상에서 좋은 일을 할 수 있는 기회는 많이 있고 우리는 그것을 이뤄내고 있다. 1960년에는 매년 2,000만 명의 어린이가 죽었는데 이제는 그 수가 800만으로 줄었다. 우리가 옳은 일을 한다면 그 숫자를 400만, 200만으로 줄일 수 있다.

대학 입시 결과를 기다리는 딸에게 『우리 본성의 선한 천사』 대신 한스 로슬링의 『팩트풀니스』를 권하기로 했다. 세상이 우리 생각보다 괜찮다는 것을 숫자로 보여 주며 우리가 세상을 오해하는 이유를 설명하는 책이다. 이 책도 473쪽이나 되지만 책 앞에 나오는 열세 문제를 푼 후 자신이 이 세계를 침팬지보다도 잘 모르고 있다는 사실을 깨닫게 된다면 순식간에 읽을 게 분명하다.

운 좋게 전쟁을 경험하지 않은 우리는 계속되는 평화를 원한다. 그렇다면 네 가지 천사 가운데 누가 가장 중요할까? 사람들은 도덕을 가장 중요시 여긴다. "내가 착하게 행동하고 정의를 추구하면 세상은 평화로울 것"이라고 생각한다. 하지만 사람마다 정의와 도덕의 기준이 다르다는 게 문제이다. 따라서 도덕으로 정의를 추구하다 보면 오히려 나쁜 쪽으로 빠질 수 있다. 여기서 핑커는 말한다. "평화를 원한다면 정의를 추구하지 말고 평화를 추구하라."

과학의 눈으로 세상을 봅니다

초판 1쇄 발행 2024년 11월 29일

지은이 · 이정모
펴낸이 · 최현선
편집 · 유준상
외주교정 · 한홍비
마케팅 · 김하늘
디자인 · 김혜림

펴낸곳 · 오도스 | **출판등록** · 2019년 7월 5일 (제2019-000015호)
주소 · 경기도 시흥시 배곧4로 32-28, 206호(그랜드프라자)
전화 · 070-7818-4108 | **팩스** · 031-624-3108
이메일 · odospub@daum.net (소중한 원고를 기다립니다)

ISBN 979-11-91552-30-0 (03810)